Gian Pietro Lucini

LA PICCOLA KELIDONIO

LA PICCOLA KELIDONIO
LE LETTERE EROTICHE E FAMIGLIARI
D'INCERTO AUTORE ALESSANDRINO

«Tutto ciò non vi importuni: e le giovanette non s'allontanino. Perché non è né osceno, né improprio, né riprovevole parlar di quanto sta sotto all'ombelico quando ogni cosa è pura e netta per l'anime nette e pure».

I. PHILISCOS A MNASIKA

Quella giovane birba di Seso ha risposto ieri alle sollecitazioni di Geron, vecchia bertuccia spelata che non si accorge di divenire di giorno in giorno sempre più ripugnante, come meglio non si poteva.

Tutti che l'abbiamo udito, abbiamo riso, applaudendolo della opportunità delle parole e della buona grazia e squisita colla quale egli le ha pronunciate.

Pensa che Geron, col suo fare solito da babbeo arricchito gli si era posto davanti tra lo sciocco e il pretenzioso a fargli i complimenti sulla fortuna d'aver per amica la più fresca delle nostre giovanette, Akkis, che tu conoscerai almeno per udita perché sempre il nome di lei, come una dolcezza ed un profumo ricorre sulle labra della nostra Glycera. Ed il vecchio facendo risuonare la scarsella ripiena di monete e col promettergli un polledro bajo di fresco comperato da un mercante persiano in rovina, (ottimo polledro leggero al corso e mansueto) lo voleva ridurre al baratto. Senza dire di più colli occhietti cisposi che gli brillavano sotto le palpebre basse e grinzose, come una brace mal spenta sotto il coperchio sdruscito di un vecchio fornello, lo accarezzava sulle spalle, gli si faceva accosto battendogli le coscie e lo tentava in mille modi.

Stuccatosi Seso dell'armeggio lungo e burlesco, finse di acconsentire accontentandolo e gli rispose: «E bene, Geron, io ti voglio regalare la mia amica: e questa è quella che sto per descriverti, e tu puoi chiamarla pure Akkis come vuoi e se ti piace. Costei non ha poppe spropositate e cascanti; non è punto vecchia; non è insolente e non si inebria; non è sudiciona e sa quanto le convenga dal libro d'Elephantis: ha in fine la bellezza insolita e speciale di vedere da un occhio solo, il destro, rosso ed abbruciacchiato mentre il sinistro è nero e senza luce, sbarrato come l'antro del Ciclope. Aggiungi un'altra grazia preclara: i suoi piedi senza dita sono fessi come quelli della capra; se la vedessi danzare, assomiglia ad una faunetta male addomesticata; ed è la femina che ti conviene, è della tua stessa famiglia, o Geron, caprone mal rigovernato».

E Seso gli voltò le spalle, lasciandolo confuso colle mani nodose che palpeggiavano ancora la sua inutile scarsella gonfia, così col sorriso tra il sì e il no, che il vecchio non sapeva come nascondere o mutare. Poi s'avvide che tutto il crocchio lo prendeva a burla; borbottò qualche parola, schivò i più prossimi, allontanandoli coi gomiti come un villano nei giorni di fiera tra la folla urlante, e saltabeccando, mezzo zoppo s'allontanò a guisa di un rospaccio, minacciando.

Ciò ti scrivo, o Mnasika, perché ti serva nelle tue conversazioni ed adoperi una ben tornita insolenza, memore di Seso, che non ti spiacque, a quanto dicono, quand'era imberbe. Ricordami a Glycera e sta bene.

II. MNASIKA A PHILISCOS

Glycera ed io abbiamo assai riso delle burla di Seso: e digli da parte nostra che lo rivedremmo volontieri, quand'anche ora abbia messo barba, senza però poterci intimorire, perché la barba non fa il filosofo.

Satyro che ha smesso la casacca irsuta del coltivatore, e vuol spiegare la sua dialettica imparata sotto ai portici, si dà d'attorno per far conoscere la sua arguzia e la sua innata sottigliezza di pensiero. Fa ora il galante e tenta bei gesti colle mani incallite; ma perché ha spalle quadre, labra rosse, e qualche moneta d'oro da spendere, non è lasciato da parte.

Ti regaliamo, Philiscos, li ultimi suoi epigrammi che non sono tra i peggiori; sembra che nelle sue buone avventure d'amore insuperbito, spregi le più facili che vengono a sollecitarlo con qualche insistenza; tra le assai conosciute e troppo coltivate e le vecchie matrone, come vedrai dai versi, egli non vorrebbe più oltre commerciare. Ha trovato un giovane Armeno sospiroso e biondo che intende il greco di traverso e non s'accorge di divertirci troppo e di pagar caro. Ma leggi le strofe.

CONTRO CHIONE

«Facile ti consento, dolce amica, il rimprovero ameno, se mi ecciti con grazia a impararti l'arguzia in soccorso. Vuoi ch'io ti insegni col discorso importuno, o Chione, inganno di retorica e luoghi comuni allo scritto? Presto su questa via tu eccelli alla scuola erudita.

«Io ti sono da meno: che se guardo al tuo molto valore, ecco che per te, bella, il sermone s'abbella e rifulge, massima alla retorica, industriosa signora del tropo, già che a tutti ti presti sul talamo, luogo comune».

CONTRO SESO

«Dàtti per oggi pace se le rose sciupate del labro segnano l'ore molte trascorse a baciare ridendo: il tempo alacre corre e incalza il secolo.

«Seso, così rattieni la tua vana eloquenza all'invito; scivolan le parole sul lubrico verso d'amore, la tua voce s'affioca e s'arrochisce.

«E cessa colla mano fallofora, esimia all'ufficio, blandizie inefficaci. Pigro, a capriccio, ricuso anima al nervo combattente e nobile.

«Amor mi si rifiuta; spuntasi il dardo e cede su floscie cuoja, o basso s'inguaina al turcasso pacifico: l'arme non fanno guerra alla vecchiaia.

«Mal mi acconcio a sorreggerti i passi; leggiadra un giorno, o Seso, sto sempre ai giovani antagonista: per trecche sfatte mi sfaccio al punto. Il tempo alacre corre e t'incalza col secolo».

III. PHILONIDES A KLINIOS

Oh te sfortunato, amicissimo mio, se in questa torrida estate ti abbruci i piedi sulla spiaggia rovente del mare e ti abbacini li occhi al riflesso corrusco delle onde per seguire le rotte ed i giuochi mobili delle tue molte barche da pesca! La ghiaia ti punge d'oltre i sandaletti leggeri; il vento aspro ti schiaffeggia la guancia e te la essicca; il cappelluccio di paglia non basta a ripararti il cranio dalla violenza del sole; e quell'ombra esigua ed azzurra che in fondo alla baja Testa di Cane, sdraja sulla rena è uno schermo misero ed ironico se tu le chiedi qualche ristoro. Vorresti essere, me lo immagino, una di quelle ostriche che aprono le valve a metà sommerse a metà rinsaldate sullo scoglio: il flutto le va carezzando e rinfrescando e, tra un ritmo e l'altro del risucchio, s'intiepidiscono ai raggi umiliati dall'umidore non mai secco.

Ben ti sta, e tu hai quanto ti meriti: forse il mio buon cuore ti soppone maggiori sofferenze di quanto in realtà tu lamenti. Da accorto mercante pescatore alli affari tuoi, e le tue vele rosse e brune ti portano dal fondo ingemmato di Poseidon, troppo cortese con te, tutte le ricchezze che desideri. Non dico poi, che alla sera, dopo il mercato, tu bene impieghi il tuo guadagno, fatica tua e d'altrui: che anzi tra la cala del piccolo porto mercatorio ed il vicoletto oscuro vi si trova una tavernuccia da te conosciuta assai bene e dove ami rimanere fino al canto del gallo.

Quel vecchio unto di Eli-Azar, che sembra stillare olio dai peli, tutto lucido e tutto adipe come un topo estratto testé per la coda da una giarra, ti ha dunque stregato? Bada, egli è tristo e falso da quell'ebreo che è: ti apparecchia festini, ti si professa il tuo abile proxeneta, ti si fa amico perché accorge turgide e sonanti le gemelle borsette che hai appeso alla cintura sottile di rame; ma nello stesso tempo ti buggera e ti avvelena. Com'egli tinge in bruno il claretto della nostra collina e te lo porge come fosse l'anthosima profumato delle vigne di Biblos, ed affattura con miele rancido e foglie di rose un asprigno vinello della costa facendotelo passare per la Kena di Chios, così col tempo vorrà sorprenderti ed ingannarti nel resto della sua merce che ti sollecita di gustare. Mi si dice tra l'altro ch'egli usa in secreto drogare di certo ippomane il sesso delle sue schiavette sì ch'esse divengono furiose e pericolose all'atto: se qualcuno mal consigliato le coglie in quel punto vi è irresistibilmente attratto anche per li altri giorni, e in quell'eccesso baccante senza misura e senza grazia perde salute e tranquillità. Né li arceri del magistrato che dovrebbero impedire questi disordini intervengono. Gli sono anzi amici, gozzovigliano con lui, lo tengono sotto la loro protezione. Io vorrei che si applicassero le leggi di Auson-raibi, re di Babilonia, sulle taverne, le taverniere e l'altra gentaglia. Ma tale è tra noi l'ignoranza che solo la sfacciataggine la sorpassa e nessuno come me si compiace ne' suoi ozii campestri di decifrare vecchie scritture e vecchie inscrizioni le quali riportando il pensiero delli antichi riportano pure una maggiore verità e giustizia che noi non usiamo or mai più. Ti dico questo perché a punto un persiano di gran fede mi ha ceduto in questi giorni una sua collezione di tegole verdi ed azzurre di Babilonia sulle quali era stato inscritto il codice nuovo di quel potente satrapo. Quanta dottrina, e come conosceva i suoi popoli! Basta, non ti voglio annojare da archeologo per non farti ridere dopo alle mie spalle.

Più tosto non gridarmi in faccia brontolone, né vecchio impotente che si roda per invidia ai tuoi giochi ben riusciti d'amore. Sono, lo sai, ancora giovane, ed a te spensierato, che ha fatto qualche altra e maggiore esperienza, può permettersi un consiglio. Non ho mai compreso come la tua innata e ben educata squisitezza possa intrugliarsi e corrompersi in quella tavernaccia.

Vi staranno, come al solito, navolestri briachi, soldati fanfaroni, dei neri di Libia accoccolati sui talloni a ruminare come giovenche, tutta notte, un loro fascio d'erbe amare: e vi si troverà ancora l'Egizio dalli occhi torti, che quando ti guarda sembra ti voglia ferire colla pupilla sinistra così lucida e così prepotente da uscir quasi dall'orbita per venirti a percuotere sul viso. Dei pezzenti colle spalle al muro, tra il fumo delle lucerne, le grida e li urti ammireranno le tibicine ed i bardassi che giuocolano e ruzzano in mezzo, sopra ai tappeti sfilacciati.

Sorridi, briccone. Quelle tue piccole amiche magre e brune ti vengono avanti alli occhi mentre mi leggi. Ed il minore tra i giuocolieri, il fanciulletto è fors'anche il più petulante. Decisamente tu stai in dubbio quando ti diletti colle une e coll'altre se tu stia spassandotela coll'amico o colle amiche tanto è asprigno e forte il sapore delle loro frutta acerbe.

Ecco perché frequenti l'antro d'Eli-Azar, finché non ti buscherai qualche coltellata alle reni: ecco perché sudi e ti ricuoci di giorno sulla spiaggia, o goloso di feminette e di bamboli, o goloso di lucide monete.

Ma d'altra parte Mammea che sa mettersi a cavalcioni sulle ginocchia di chi la chiama, che si fa volontieri accarezzare e reclina la testa come una colombella sull'omero, ride gorgogliando: il suo corpo fresco e grassoccio posa e tien caldo; dalla tonacella, che non le giunge oltre al basso delle coscie, lascia trasparire i seni tondi e rosati come mele appiuole. Ella sa guardarti come conviene, quando è l'ora e con un suo gesto impreveduto può, abbracciandoti, farti cadere la testa nella valletta delle mammelle perché riposi e vi stia tra un cuscinetto e l'altro.

Oh! vecchia birba di un Klinios; tutto io ti prometto, ma non questo di sciuparmi oltre misura e prima ch'io arrivi in patria, Mammea, sì che tornando da questo luogo di frescura, non possa paventare di gettar l'àncora in un porto sfondato dove il ferro acuto non trovi modo di incanagliarsi bene ed esattamente: sta coi bardassa e le altre, già che hai fatto dell'uno e dell'altro canale un mare aperto e navigabile con assai troppa facilità.

Ora sta bene, ottimo, e ricordati del tuo Philonides che ti vuol bene.

IV. GLYCERA A MELISSARION

Ti invio, o mia dolce, una adorata rondinella a cui vorrai usare ogni cortesia ed amicizia, come a chi ti può fruttare sopra ogni altra.

Kelidonio ci venne dal mare o dai monti non so; si fermò nei boschi e tra le fonti mediche di questa frescura estiva ed ora spicca verso di te il volo per le spiaggie più calde e ti si raccomanda in mio nome.

Mnasika che è meco mi fa saluti per te. Cerca tu, Melissarion, di non affaticare la nuova in sul principio: è tenera, saltellante, svolazzatrice. Falle amare Akkis e Philo e concedigliele per compagne: impari da loro le cose difficili e le preziosità, e la imperturbabile grazia affabile che non si scompone né meno ai desideri più brutali, Kelidonio, la vedrai è tuttora selvaggia e messa subito ad ardue prove si potrebbe irritare e sfuggirti di mano. È un regalo che Kypris ne invia e va con moderazione usato.

Non so dirti con esattezza chi sia, come mi sia venuta in casa: me la trovai una mattina sull'aurora, tra le lagrime ed il riso, che rischiaravano ed imbrunivano a volta a volta il suo visino spaventato e volontario. Mi raccontò quindi una istoria non so se vera o finta, o in parte vera e finta, in cui le sue avventure acquistavano un non so che di misterioso da piacerti a subito udita. Io penso ch'ella sia stata presa all'usanza de' Siciliani i quali colgono l'uva ancora acerba, innanzi stagione. Tu falla accorta che le poma rigide del seno verginello e le semplicette maniere vanno condite con qualche arte; che l'acidulità va medicata colla dolcezza a cui l'uso di Paphia l'inizierà con gioja e diletto.

Invigila se puoi nella sua imaginazione troppo ardente. Perché ben poco ella ha visto, si forma d'ogni cosa e d'ogni sentimento un sogno, e temo che ciò non le arrechi danno e ti sia di noja. V'aggiunge lo strano e l'abitudine di parole oscure e di superstizioni, teme la natura se non li Dei ed è pensosa troppo. Ella cammina come in una visione che nessun altro vede che lei. Domani la pratica della nostra vita potrà risvegliarla, ma forse cattivamente, ed è bene correre avanti a questo pericolo. Così si compone tra cielo e terra, nelle nuvole, come un roseo mito e non s'accorge che ai raggi del sole queste si squagliano e dileguano e fanno dall'alto la caduta più certa e più pericolosa. Conosce meglio di noi i suoi poeti e li canta e li declama: quando parla e quando scrive ha l'ingenuità di un bambino sapiente che abbia gustato prima di nascere al fascino delle cose belle e dolorose del mondo.

Inquiètati se alla sera le sue guancie divengono troppo rosse ed i piccoli lobi delli orecchi imitano la conchiglia della porpora. Allora il cuore le batte forte e di sotto alle vesti lo vedi pulsare come il collo di una colombella se ghermita la tieni stretta nella mano. Fa che si copra bene nell'ora vespertina; quando tramonta il sole rabbrividisce o di febre o di freddo come i fiori che non possono patire la notte; ed i suoi occhi vagano inquieti cercando non so che cosa o chi. La sua voce diviene fioca e rauca un poco; le sue parole hanno un'altra e grande tenerezza. E però sembra di consueto sana e gaja.

Spero poi che Philo ed Akkis facciano il resto; se Akkis però abbia la testa a posto dopo che si è fatto spiumacciare e spremere da quel gaglioffo di Seso. Questo sopra a tutto le se ne stia lontano. Egli è tal scioperato e così furbo da trarla in suo dominio e da sciuparcela in breve.

Io ho qui trovato un uomo maturo che fa l'arzillo; sta sulla filosofia e sulli amori, ricerca Urania colla congiunzione delli opposti. Me gli sono avventato a dosso, ed alla mia età credo che non sia fortuna da schivare per quanto Mnasika mi ajuti. Credo che non mi possa or mai fuggire, in ogni modo voglio attendere se tutto quanto promette, mantiene.

Ti faccio mille e mille auguri con Mnasika. Ti sia propizia Kelidonio: ancora baciala per noi. Kypris ti assista e vi faccia tutte liete.

V. KLINIOS A PHILONIDES

Questa volta ti sbagli, amico mio; me la godo oziando ed al fresco come un sibarita. Passo la notte nell'aule ampie della casa paterna che dà sul porto, ventilate dalle brezze, e nei ritrovi dell'Akropoli; lungo il giorno mi ritiro alla Casina.

Mi vedessi vestito di una tonachetta leggera e corta, calzato da sandaletti di Sikione azzurri ed alti sul collo del piede, colle dita che mostrano tutta la giojelleria della famiglia, il cappelluccio di paglia sulle chiome unguentate, il sorriso di moda sulle labra!

Prima di mezzogiorno scutrèttolo all'ombra esigua dei muricciuoli e delle case, facendomi vento colla cocca floscia della stola; passo via ratto, son fuori di città al trivio del Corno Fesso; in vista del mare piego a sinistra; discerno una villa sopra di un poggio più in qua del castelluccio della marina vecchia, scorro un viottolo disegnato da due fila di cipressi bassi, trovo una siepe, una chiudenda, l'apro, attraverso un orto, spalanco una postierla e sono nelle mie delizie. Faccio qui colui che essendo ricco ozia con buon gusto.

A qualche cosa mi dovevano servire quelle delicatezze e l'erudizione che il buon uomo di mio padre mi ha fatto imparare a suon di monete dai falsi pedagoghi di Elea. E com'egli che già fu al seguito di Hermes psicopompo ed ha già pagato l'obolo all'ispido Kharon mi vedrebbe volontieri tutta grazia pretenderla ad eupatride! Il casato di mia madre del resto, figlia di Ermolaos, donna greca ricca di molte terre nell'interno e nell'isole, la parentela e la vecchia stirpe egizia di mio padre Erenajos, discendenza di mercatanti e di magistrati per cui s'invidiano ancora i bei tempi dei privilegi ptolemaici, mi potrebbero far insuperbire se tutto questo non fosse che vano fiato di fortuna, e se la rabbia di Poseidon e di Demeter un bel giorno non mi potesse spogliare di ogni facoltà. Ma poi che i rustici s'inorgogliscono oggi di quelle ricchezze che, trescando ed intrugliando a Roma e ad Alessandria vengono poi a mostrarci, come se fosse del tutto morto il ricordo di loro pitocchi e laceri, presti a qualunque ufficio sul posto, da quello del facchino all'altro del proxeneta; non potrei io stimare questi avvantaggi per qualche cosa? Fatto sta che oggi compiaccio al maggiore dei desideri di mio padre: ed egli si rallegrerebbe nel vedermi non più innamorato del mare, delle sue avventure, delle compagnie de' politi, de' piaceri grossolani, della pesca e delle bettole, ma frequentatore di festini e di brigate eleganti. Dice il filosofo: l'una cosa vale l'altra; ma per confessar ciò di scienza propria bisogna esperimentarlo.

Mi do quindi buon tempo e dell'arie. Spesso, sul vespero vado ad appoggiarmi colle spalle ad una colonna dell'atrio della mia casa sulla gettata e vi faccio da padrone. La folla poi è spessa e toglie la vista del mare. Pastori siriaci, mezzo nudi, vi guidano greggia sucida e male odorosa: con un ramoscello di gelsomino in mano conciliano alle loro nari la puzza del bestiame. Le donne che vendono frittelle di olio e di miele incomodano colla loro tegghia bassa e ripiena i passanti. La gente del popolino, in azzurri calasiris, vociano e si promettono per l'opera del domani. Poi la moltitudine che lavora sfolla verso i sobborghi e le alture, e le belle e li azzimati vengono a mostrare i loro abiti e fanno rete e ragna d'occhiate e di sorrisi a fior di labra e di sbieco invischiandosi a vicenda. Le etere cianciano, si fermano a torno a chi vende frutta, ne comperano; quelle del paese hanno una lunga exomis attillata e leggiera ed una cuffietta di metallo alata o rostrata che pesa sulla spessa capigliatura; quelle dell'Isole e le Greche, portano ampii cappelli di paglia e tuniche variopinte, che, se le impacciano, si tolgono e si ripiegano sul braccio come mantelletti, rimanendo nude, fuor che le coppelle di legno leggiero ed istoriato che racchiudono i seni e che si affibbiano colle correggie sul dorso. Io le guardo e le lascio passare.

Quando mi si fanno vicino le conoscenze e li amici, li adulatori e li invidiosi, con loro vado sul limite della gettata; addito questa o quella nave che mi appartiene e che portano tutte sulla prora alta la faccia d'Euro dorata e scolpita tra quattro stelle raggianti: e, discorrendo, li invito ad ammirare la snellezza dello scafo, il bell'ordine delle sartie e delle vele, la robusta lunghezza dei remi; e numero quanto mi hanno reso lo scorso mese e per le spugne e pei coralli e per i pesci e per i viaggi, e mi pavoneggio. Colla cocca della stola mi sventolo sul viso, gesto or mai che mi distingue; così dimenando la mano, ne faccio rispecchiare li anelli che fiammeggiano come altrettante lucerne sull'ara votiva di Adonis.

La sera, come ti ho detto, salgo all'Akropoli: Mnester ha fatto maraviglie nel suo giardino. Le terrazze scalano, e l'una dopo l'altra, la collina pampinosa che si terge dall'umido notturno alla brezza salata e secca del mare: la città bassa apparisce confusa, inquieta e ronza come un grande alveare di pecchie affaccendate: delle lanterne vagellano qua e là come più grosse lucciole volitanti; Poseidon sonnacchioso in fondo si sdraia e si scorge più chiaro e quasi luminoso verso la spiaggia disegnata dalla sua spuma d'argento colla quale la circonda. Nel giardino vi sono fontane che giuocano capricciosamente, che sposano lo zampillo e la cascata dell'acque al chiarore delle fiaccole di resina; trovi nei boschetti sedili di pietra per i dialoghi di dopo cena e nelle forre più secrete dei lettucci soffici di mirto e di rose per le canzoni d'amore. Mnester, tu sai, fu corega e bardassa; una malattia l'ha ora fatto eunuco e vecchio finanzi tempo; ma di buon gusto ed ardito, ci ha copiato in patria i giardini amatorii di Korintho e di Roma ch'egli viaggiando ha conosciuto, e con poco ci apprestò il suo traendolo da quel vigneto che redò dal suo primo amante, il vecchio Hippotes. Il quale molti anni fa avendolo scorto bambino dormire al sole sulla spiaggia nudo e bocconi, tutto dorato dalla salsedine e dall'estate, colli altri monelli suoi pari, lo trascelse; e quasi fosse una rarità, condottoselo in casa, gli diede maestri e bell'abiti, nutrendogli l'ingegnaccio naturale ed accrescendogli l'agilità del corpo colli esercizi della palestra. Onde un contrafattore di pesci, di uccelli e di serpi, passando di qui, dopo, se lo prese con lui e gli fece incominciar la fortuna imparandogli i suoi secreti. A farla breve, da Mnester tu puoi trovare tutto quanto desideri.

Già alle prime stelle vi incontri ubriachi, e sul tardi devi badare dove metti i piedi per non sturbare le coppie: sempre il concorso della gente è molto. Sotto i cedri ed i cipressi, delle tende stirate segnano brevi arene ai giuochi a cui polestiti di professione si disfidano; sulla vittoria dell'uno e dell'altro tu puoi scommettere, secondo ti è simpatia. Più in là, dai trespoli, declamano farse dove li argomenti priapeschi la contendono col bastone delli schiavi, il vecchio è imbertonato e tradito e qualche astuta puttanella fa un babbeo padre di un fantolino di cui al vero non saprebbe dirne il nome tanti furono i varii galli per quella covata. Ha fatto stupire testé una invenzione di Mnester che fece sorgere per servire alle cene, (e coloro che vogliono, pagando, vi possono prender parte) dalle vasche capaci, ragazze Oceanine, che, nuotando verso i commensali, portano le vivande cotte al punto fumanti e non bagnate, per quanto emerse dal fondo delle grotte equoree. Poi ha apprestato delli Eros piccolini e nudi, così minutini ed aggraziati colle alucce e la faretra sonante o le corone in mano, o li spiedi venatorii, o qualche inocua spatola di legno dorato a mo' di spada, da sembrare que' buoni genietti che i pittori coloravano di fianco alli Eroi o volanti, a significare le loro virtù. Ma questi vidi, egregiamente addestrati, fanno l'ufficio di valletti alle mense ed intramezzano le coppiere: sì che, sulla fine del festino tu, tra li uni e le altre, puoi scegliere.

Intanto tutto il meglio della città vi concorre. Qualche volta anche il proconsole, stanco ed annojato, che si appoggia al bastone colla destra e colla sinistra al pugno di un cavaliere: e guarda a torno colli occhi mezzo ricoperti dalle palpebre, si ferma, semina qua e là parola d'arguzia o saggezza riverentemente accolta come responso d'oracolo, mentre a me quelle inette sciocchezze muovono la bile. Penso alla alterigia di questi forastieri che la fanno da padroni e quanto la mia casa e i miei ne hanno soferto e mi arrovello così sfiorandolo quasi col gomito non posso trattenermi di consacrarlo all'asino, mormorandogli appresso: «Mangia fave sciape!» e squadrogli di sotto al mantelletto, le fiche.

Epimachos il dicajodotes affabilmente discorre con tutti; Seso, scioperato che tenta raggiungere la ricchezza di Mnester col copiargli le arti, sciorina da per tutto la sua bella Akkis che si strugge d'amore per lui e ch'egli volontieri metterebbe all'incanto; Geron pieno di monete e melenso s'aggira in cerca di primizie; Philiscos che è ridotto a fare il filosofo dall'avarizia di suo zio, fa mostra di non far conto dei piaceri e di battere lo stoicismo, ma se gli incappa qualche buona avventura se la gode in segreto: colla gravità maggiore che non comporti la loro giovanezza, delli imberbi romani seguiti dal pedagogo, un grigio furbacchione che fa di solito il peripatetico, colla scusa di girare il mondo, per istruirsi, come dicono, non tralasciano di bagasciare secondo il costume del paese che scorrono, e si recano volontieri al giardino. Le donnine più ricche e più istruite che vedi al vespero sulla gettata tornano da Mnester la notte come ad un sopraffino proxeneta. La decana di tutte, che conserva qualche resto di bellezza, Melissarion, di solito si siede in fondo ad un emiciclo di pini bassi ed è circondata da numerose clienti: tiene dispute d'amore e pratica di furberie feminili; è colei che dà il prezzo di ciascuna ed a cui, senza pena, tutte pagano una tassa per le sue informazioni; è sorella, madre e mammana e sentenzia come un giudice. Ha con lei spesso qualche novella che vezzeggia con intenzione per distinguerla dalle altre e per meglio mostrarla alla curiosa golosità delli amatori. Imagini facilmente chi altro può essere al seguito di etere, di auletridi, di mimi, e di bardassa: e sono i cocchieri ed i saltatori sul dorso dei cavalli Sciti ed Armeni, li psilli che incantano e giuocolano coi serpenti indiani, i funamboli, li aedi di piazza che bestemiano Omèros e storpiano le favole milesie e le vecchiette fattucchiere; tutti i compagni insomma di una volta di Mnester che vengono a lui per intrigo, per lucro e per ufficio e popolano di notte la collinetta: la quale, fiammeggiante sino all'alba, appare dal porto erta come il promontorio, dell'isola di Circe segnacolo e faro dei piaceri e delle mollezze della città.

Mi dirai: «Scegli tu qualcuna in tanta abbondanza?» Io? Mi riposo ed osservo. I giovinottini baldanzosi per fare il singolare si fan vedere a ritirarsi colle etiopi che annodano i capelli corti e ricciuti con fili di rame onde s'ergono rigidi sul capo e col corpo unto di grasso profumato strepitano come coribanti e riflettono sulle anche tonde le fiamme delle lucerne di corno appese alli alberi quando vi passano presso. Altri si accontentano di chi già conosce; al navigante la prima imbattuta compiace; la mia scelta è difficile invece e sto ancora dubioso. Badano meno i magistrati ed i centurioni che si nascondono sotto le pergole in lunghi tavolati con tibicine e saltatrici, e giovanette del porto, gozzovigliando ed eccitandole alle danze più libere. Ed a dirti il vero, io per un istante aveva fermato lo sguardo ed il desiderio sopra una di quelle donne che escono dall'acque, dapifere: e vistola madida risplendere di perle liquide rapprese ai capelli ed ai seni, portando la mensa, ben fatta in tutto e di pelle bianchissima e dignitosa nel gesto, mi sarei deciso per lei se mi avesse mostrato il volto che tien sempre mascherato conforme al corpo. Mi han fatto sapere ch'ella è moglie di un magistrato in disgrazia, e che si presta così, corifea notturnamente nel giardino di Mnester, perché il marito ha tutto dilapidato sui dadi ingannatori come il sorriso di Paphia. Ed ho rispettato la sua sciagura, il suo mistero e la sua castità forse più per rispetto a me stesso che per l'onta di lei, certo del resto di piacerle e d'essere aggradito.

Intanto i miei garzonetti ed i navalestri fanno per loro opera di ragno, per me d'api sapienti e parsimoniose. Si affannano tutto il dì a scorrere il mare e la notte a correre lungo la spiaggia colle fiaccole, fiocinando; altri ne attendo da lontano colle mercatanzie più preziose. Tutti fanno come le Danaidi colle botti che dovevano inutilmente riempire coll'anfore; perché io li smungo da padrone, ma con parsimonia: e concedendo loro ora questo ora quello, che è poco per me, li accontento e traggo a me l'utile. Si satollino il ventre con ostriche di mare ed ostriche peloridi, non me ne importa, anche di qualche rombo grosso; io voglio spugne, coralli e denaro per i noli delle barche, i miei castaldi mi procurano il resto.

Lontano è adunque il tempo della tavernaccia dell'ebreo; e non mi troverei bene. Sta sicuro che la tua polputa Mammea non teme assalto da me. Tu puoi con tutta pace far l'antiquario e scifrare a lume di naso ed a raggio di lucciola i geroglifici de' tuoi idoletti, come puoi sudare sulle tavolette di argilla che qualche ciurmatore (ve ne sono mille) ti ha portato gabellandoti, da la magnifica Hamonn-raibi, l'astemia che condannava bettole e bettoliere, mentre tu bevi in fresco vinello di collina e non sarai certo digiuno d'amore.

VI. KELIDONIO A GLYCERA ED A MNASIKA

Voi rimarrete sempre e sempre nella mia memoria. I miei occhi tutt'ora non vedono che voi, non ombre nella lontananza, ma corpi vivi e completi che le mie mani potrebbero toccare. Per quanto le meraviglie del mondo e delle grandi città mi aspettano, non so staccarmi dalla fresca oasi della vostra casa ospitale.

Così a pena giunta, ricevuta come una sorella diletta da Melissarion sento di dover pensare ancora a voi, ed ancora ringraziarvi. Scrivendo ora sono tutta con voi.

I due piccoli ed irsuti cavalli berberi appaiati al carro, d'un balzo hanno preso il galoppo e mi portano via. Volgo la testa indietro ed a voi; oh già quanto lontane; sul canto della via vi scorgo ancora, mentre le ruote tornano e volgono. Le vostre zone come immense ali, l'una aranciata, l'altra bianca, fanno trepidi segni di saluto, si gonfiano, volteggiano e si spiegano, mi mandano le ultime vostre voci, l'ultimo vostro profumo. I cavalli galoppano e mi portano via.

A mezzo giorno il Numida guidatore alza li occhi all'occaso e mi avverte vicino un temporale. Tutto era livido e nero per dove tramonta il sole e le nubi si torcevano e guizzavano come serpenti rabbiosi venendo in su ad inghiottire il sereno del cielo. Poco dopo un nembo di polvere mi avvolgeva e sembrava ch'io volassi tra le nebbie ed i cirri spumosi del Caucaso. Non credo per augurio buono, ma più tosto per l'infausto, sul fischio e sul mugolare del vento, tra la caligine rossigna e pungente della sabbia sollevata e vorticosa, vidi tre tortorelle, spaurite stridendo, passare a cono sopra alla mia testa e dietro uno sparviero a seguirle, battendo l'ali in corsa.

Pensosa del fatto come di un vaticinio, chinava la testa cercando di scifrarne la significazione quando il Numida mi fece animo ed indicandomi una casetta trasparita tra una siepe di mirti ed una ficaja, mi disse che là ci saremmo riposati a scampar la tempesta imminente.

Una giovane donna Demetria che voi conoscete, moglie del gastaldo, si sbracciava sull'aja a raccogliere le galline spaurite: un gran cane rosso, coll'abbajare le rincorreva perché andassero al pollajo: due bambinucci nudi sotto la volta della porta sdrajati dormivano a fianco a fianco, come l'innocenza e l'ignoranza, placidamente, nel terrore e nell'orrore dell'uragano. Qui passammo la notte dopo la cena e mi convennero i rivi stillanti d'acqua e quel grosso uomo del marito di Demetria, velloso come un lupo brontolone e mangiatore, il quale mi guardava di sott'occhio con molta insistenza mettendomi quasi paura ed irritando la moglie. Sembrava seduto in disparte colla ciotola in grembo e gonfiando le gote sbirciando di sotto alle ciglie ispide le pupille come un faunaccio all'agguato: ed in quella attitudine mi ricordò, o care, colui che, fuggendo dal bosco sulla montagna nel mio errore e nelle mie miserie mi ridusse a cercar scampo presso di voi. Per quanto durarono le tenebre di sotto nell'ovile udii belare e ruzzare come i caproni fossero impazziti od odorassero prossimo un branco di lupi. I cavalli nitrivano: ma lo schianto, l'abbarbaglio dei lampi, facevano un gran rumore di battaglia come se tutti i venti si fossero chiamati a convegno colle folgori olimpiche per subissare la terra. Sul tardi mi addormentai.

All'alba sorgemmo dopo un sonno di poche ore, ma greve. Il cielo era limpido come una coppa di cristallo azzurro e l'oro tenue dell'oriente palpitava sull'orlo estremo urgendo e chiamando l'aurora. I cavalli, sotto la scuriada del Numida, scalpitavano sfavillando colle zampe ferrate sui ciotoli ed il carro volse volando.

L'aurora era una soavità: così la vidi rugiadosa e timida tremolare sulle poppe turgide delle colline opposte e scendere sotto nella città in ombra, racchiusa nella valle e che mascherava il porto. Rabbrividì sopra ai frontoni dei templi e sui merli di pietra delle torri, attinse le terrazze delle case che sembravano d'oro e di porpora precipitandosi pei fori e per le vie oscure e ripide. Il carro dalla china scoscesa roteava verso il borgo ancora sonnacchioso tra siepi di tamerici cariche di grappe coralline e di gelsomini fragranti.

Come il sole si riversò sopra la cupola del tempio delle Buone Dee, la brezza gonfiò le sue gote increspando l'aCque della darsena immobile. Già salita sul ponte della nave attendeva che salpassero per il breve viaggio. Sulle gomene stendevano la gran vela rossa e quadra a cui avevano adattato la verga; la tela sbatteva e si inturgidiva gozzuta inegualmente. Poi la nave ondulò e parve scivolare.

L'acqua bruna si apriva alla carena: qua e là galleggiavano una buccia d'arancio svuotato, delle scorze verdi e nere di cocomeri, una carogna di cane.

L'acque gorgogliando fuggivan dietro di noi ricciolandosi di schiuma: e la tenda stirandosi e cigolando sulle carrucole e sull'anello, fu tutta un ventre rotondo, gravido, proteso e sostenuto dall'albero che per lo sforzo scricchiolava. La nave diè un balzo e passò via ratta oltre al piccolo faro di pietra in sulla punta estrema del molo. La terra si allontanava prestamente in un velo bigio, rosato e verde, in un confuso balenare di nebbie e di sole.

Qualcuno sotto il ponte pregava il buon dio del mare ed i gemelli salvatori; un mozzo cantava la canzone della partenza. La brezza più alacre spinse la navicella piegata verso il mare aperto violaceo ed irrequieto.

Per quali ignote avventure questo viaggio?

Per quali significative previsioni e le tre tortorelle fuggenti nel vento lo sparviero, e l'uragano della scorsa notte? E quale sarà la mia sorte? Per noi, bambine d'amore, una grande città ed un piccolo villaggio rappresentano comunque la medesima scena sulla quale si debbono ripetere i medesimi gesti: amore! Quando non sia fatica, e quando il cuore non balzi come in questo momento d'angoscia forse, certo di paurosa aspettazione. Io vado; vado verso qualche cosa che non so; domani all'alba, un'amica nuova, una sconosciuta mi aprirà le braccia nell'accoglienza; ma la vita futura dopo di avermi sorridente accolta, non mi soffocherà tra le sue braccia insensibili e poderose?

Per quali ignorate nozze mi dà felice avviso il coro delle Oceanine e Poseidon che sposò qui sull'onde Amphitrite e che ci accompagnano ridendo e sorridendo sull'acque che bene mi trasportano? Sul mio capo tondeggia la vela come il ventre di una donna pregnante, ottima predestinazione, s'io dò retta al dire del navalestro; ma per me? Eros ed Anteros tra il giorno e la notte tenzonano nel mio cuore e nel mistero, ed io dovrò servire l'uno e l'altro non ancando.

La lucerna per tre lingue di fiamma si rispecchia sui mosaici delle pareti di una cameretta che Melissarion mi ha destinato in casa sua. Tra i fumi lunghi e tenui delle fiamme distinguo i volti vostri che mi interrogano, o Glycera, o Mnasika; e che vorrebbero sapere: ma che so io oggi, in questa ora di notte, per voi? E che so io di me e per me sopra a tutto? Affiso le nostre ombre; le mie mani inerti ricercano presso di me la pupa d'avorio e d'argento, succinta in un mantelletto di jacinto e sdrajata a dormire sul cuscino del lettuccio. Un impeto folle me la fa portare alle labra: oh volto freddo, oh maschera d'argento e d'avorio che non risponde; né le braccine per quanto movibili mi abbracciano!

Per noi bambine d'amore una grande città ed un piccolo villaggio rappresentano comunque la medesima scena che il feroce Eros destina ed apparecchia, corega infaticato ed autocrate.

Amare? Ma se il cuore è gelido come li occhi di zaffiro di questa pupa per i giovani, ed arde come le fiamme di questa lampada per le fantasime? Voi mi rimarrete sempre sempre nella memoria; ora le vostre ombre si sono conturbate e confuse tra i fumi della lucerna. Amatemi quanto io vi amo.

Lascia, ragazza mia, che ti consigli ed anche ti rimproveri un poco. Dove mai ti lasci trasportare? Quando rimetterai senno, ti farai giudiziosa ed ingannerai invece di essere ingannata? Per fortuna che ho previsto in buon'ora; così il tuo male esempio non giunge a guastarmi Kelidonio che volgo per altra strada, e che aveva destinata a tua compagna. Sì che avrei ben messo a profitto e li abiti e le gioiellerie e le grazie ed i profumi di cui vado adornandola! E come quell'usurajo che si fidava del bel volto e del portamento distinto del giovanotto mariuolo, avrei perso e capitale ed interessi.

Che ti ha fatto Seso, tanto gli sei impeciata a' suoi panni come il catrame di cui spalmerebbe ancora le barche al suo padrone s'egli non avesse cambiato mestiere vivendo da ricco sul provento delle sue grazie ch'egli affitta di tanto in tanto ai filosofi ghiotti di tale pastura e trafficando sui lettucci di tutte le feminette che conosce, con mio danno non lieve? Per lui debbo far maggior lusso in casa, obbligarmi a spese gravi, cercar novizie di qua e di là non badando a viaggi ed a pericoli: le mie pratiche si fanno più esigenti e vogliono spendere meno. Tanto Seso li tira dalla sua parte e col promettere e no eccita loro la cupidigia, e ben caldi al maglio della lussuria, li serve di qualche frusto di danzatrice raccattato fuori nei borghi, spulzellonato più dalla nascita, insipido e rozzo.

Così egli ti ha serbata fingendo gelosia per farti crescer di prezzo, e tu sciocchina che credi al suo amore trangugi tutto quanto egli vuole che tu mangi e patisci per lui. Il tristaccio che se ne è avveduto se ne vale e ti spoglia di quanto tu hai guadagnato prima di farti sciupare dai suoi clienti viziosi.

Come ti contenti per lui d'ogni cosa! Si dice che il panattiere ti sia creditore e che tutto ti perdonerebbe quando lo volessi per una volta sola accontentare, ma che tu lo ricusi e fai la superba. Si dice che chiunque ti venga in casa si meraviglia di vederla vuota e non sa dove mettersi a sedere che hai il lettuccio senza lenzuola e che nell'armadio passeggiano due o tre topolini magri sbadigliando di fame. Tu tiri avanti col far promesse. Lakes, il padron di casa, quando mi vede mi fa li occhiacci perché tu alloggi da lui per mia intromissione ed egli che non vuol frascherie aspetta tutt'ora che tu lo paghi. Non ti vergogni d'uscire per le strade senza orecchini, né armilli, né collane? Quelle due foniche che il mercante Praxia il Chiota ti regalò non fanno quattro mesi, so che Seso ha venduto per lui giuocandosi il denaro sui dadi agitati ch'egli sa ben maneggiare e compone nel rovesciarli a suo favore. E pazienza se quanto guadagna lo godesse con te. Kolonike, Myrrhina, Lampito, Gorgo, tutte le altre dello stuolo leggiero e che non han pel capo le tue fisime gavazzano con lui nelle taverne del porto e ti fan dietro scede e lazzi indecenti.

Or ch'egli è partito col pretesto di una fiera di cavalli portandosi seco quei due polledri bolzi e viziosi che ha con inganno raffazzonati in bella vista, provati a far senza di lui ed a riprendere le antiche abitudini. Non desiderartelo vicino, non fuggire li altri, non rinchiuderti in casa. Guarda come li occhi ti si arrossano a torno alle palpebre, come le labra avvizziscono perché le serri e le medichi per dispetto; lascia le vesticciuole povere e dimesse. Colui che è lontano ha sempre torto, un Seso poi! Lui ti si conserverà fedele! Cerca altro in città, non scarmigliata come una buona donna di prefica e ruvida nel tratto come un caprajo.

La tua mammina mi ti ha raccomandato prima che scendesse all'Hades piangendo e di ben altro augurosa per te. Pensava vederti in fortuna e ricchezza, convitare il meglio della città come quella Guattuna di cui i poeti cantano la bellezza, la grazia e l'abilità; o tanto meno assicurata da solide amicizie rimanertene in casa senza domandare nulla alli stranieri, placidamente, come una giovanetta saggia senza molestar persona. Ti scorgevo così nel desiderio, passeggiare composta e sorridente, nuda sotto le tonachelle trasparenti di Amorgo, ben depilata e profumata per la tua onesta faccenda, sulle gettate del molo, seguita dall'invidia delle compagne. E sì; ora non ecciti loro che compassione.

Nulla di tutto ciò: tu ami mandarti in rovina non solo, ma te ne insuperbisci; Seso sghignazza e fa l'impudente. Fa senno, Akkis, e dammi retta se non vorrai presto pentirti, ascolta la vecchia amica di tua madre la quale ti rimpiange nelle oscure praterie in riva alle Stigie paludi cercando tra il colchico e l'asfodelo sotterraneo la corolla magica del fiore che la ritorni a te viva e proteggente. Rinsensa e lascia quel briccone di giovinastro ai suoi giuochi d'astuzia e di destrezza, ai vecchi filosofi, alle nobiluccie raggrinzite della città alta per cui si presta, pagato ad interrompere l'astinenza dell'abbraccio: pensa sul serio per te.

Noi invecchiamo presto, le rughe ci solcheranno dei loro formidabili geroglifici la fronte e le gote: i capelli incanutiranno, la bocca molle e scolorita lascierà cadere un filo di saliva dalle labra che vuole si serrano sui denti assenti: dove la nostra fierezza? e il nostro insuperbire? I piedi ossuti e rattrappiti calzeranno delle ciabatte logore e cercheranno anche d'estate una marmitta di bronzo piena di bracie per tenersi caldi già che l'Insensibile sta loro presso soffiando coll'alito aspro e gelato.

Akkis, Akkis, riguardati in questo ritratto che mente meno del tuo specchio; se tu vuoi io posso procurarti ogni giorno quanto conviene per il cuore per il sesso e per la borsa. Vi è il vecchio Geron che imiterebbe le prodezze d'Heracles per te; e tu lo fuggi, vi sono mille altri che posso gettarti nelle braccia e tu sai come io sia esperta a braccare e raccogliere questa specie di selvaggina; Akkis adornati, sta sera, di festino e ti aspetto.

Lasciami stare, non ho voglia di baie, non ho bisogno di nulla. Come vuoi ch'io sorrida e dia ascolto alle tue ciancie se il desiderio, la malinconia e la gelosia mi vogliono morta? Sono come la fanciulla di Mileto che non poteva durare nel letto vedovo e freddo e che sospirava sempre verso il compagno della sua gioja e della sua vita, oh quanto ed invano!

Ma tu mi consigli bene! Tu mi metti delle farfalle nere per il capo, tu mi fabrichi davanti dei sospetti e vuoi ch'io ti creda. E s'egli tornasse tra un giorno o due, ed io avessi fatto quanto mi proponi?

Ho goduto lo sfarzo e le ricchezze; non le pregio più: mi accontento di assai poco: di un pan d'orzo e miele, di qualche pera fresca, di un bossoletto d'acciughe salate, tutto ciò non è caro, ed in questo modo aspetto.

Non mi lamento. Un vasettino d'unguento di Fenicia, un crinale d'argento foggiato a mezza luna, un'exomis marinaresca ch'egli mi ha regalato e che mi scende bassa sulle coscie, un paja di coturnetti verdi di Corinto, un piccolo tappeto di Persia da stendere in un canto sulle pietre vicino alla fontanella del peristilio al fresco ed una foglia di palma conciata per farmi vento e per cacciare le mosche, tutto questo basta.

Ma sono libera, mi conservo perché meglio mi piaccia, e se ai moltissimi elessi uno solo, che hai tu a che vedere? Lo potrei ingannare se fossi ingorda di denaro o di bagordi, ma a che prò se non lo vuole il mio cuore? Ti ringrazio delle tue proferte, ma per oggi non penso a vecchiaja. Morire anche bisogna un giorno o l'altro, che importa se vestita di porpora e coperta di giojelli, o nuda con una semplice zona di velo sul ventre? Peserò meno, e troverò qualcuno che più facilmente e con minore fatica mi porterà a Karon. Riserba così la tua arte professa di banditore ad altre; il mio corpo, perché deve piacere, non ha bisogno d'esser lodato. Del resto i tuoi servigi, ricordo, si pagano caro, che l'amore che mi dimostri non è tutto gratuito. Non voglio dire o lasciar dire come moltissime: «Ho per padrone chi molto lucrò astuto navalestro sui viaggi per Cythera; per ciò passo per l'acque basse del porto, navicella radobbata e bene incavigliata a nuovo perché Venere mi veda con occhio benigno a staccarmi dalla spiaggia ed a balzar sui flutti». No, io non chiedo numeroso e galante equipaggio, non sciorino vele trasparenti e colorate; non pago l'araldo per far concorso di naviganti a me; non sono fatta per molte paja di remi: due braccia sole mi servono, e non temo in questo modo di sommergermi per troppo peso. Non avertene a male, Melissarion, se oggi non ti dò retta.

IX. GERON AD AKKIS

Ascoltami. Io sono e sarò un vecchio usurajo rozzo e screanzato che non sa le belle maniere, ma non mi piaccio d'ingannare nessuno. Né meno quando tratto di affari metto nel contratto parole ambigue e doppie: tu mi devi perché ti ho dato; e basta. Non uso come il giovanotto che si unge di profumi e sta sul parlar attico, speculare sull'amore delle fanciulle, derubarle ed abbandonarle poi quando loro ha roso il corpo alla carcassa.

Seso mi ha fatto villania; non mi curo di vendicarmi perché egli stesso mi si è tratto d'impaccio col fuggire. Tu hai riso con lui, di me e mi respingi ancora sperando ch'egli torni, per suo amore patisci ogni privazione. La tua sciocchezza ti castiga per me.

Il tuo briccone fra tanto col pretesto di fiera e di cavalli da vendere volge verso Cyrene colla bardassa Egle ch'egli si ha scelto a compagna e spera di allogarsi in coppia, lui e lei presso qualche vecchiardo di quelle parti che intramezzò bambino e bambina secondo il capriccio, l'ora, la forza dei nervi, ed ami averseli ambo sotto mano.

E bene guarda ciò ch'io faccio per te. Lo schiavetto ti viene da parte mia carico di roba non perché tu scelga, ma perché tutto prenda. So di quanto tu necèssiti e vi ho supplito. Tra l'altro troverai una coppa d'argento sul cui fondo l'arte del maestro cesellatore ha rappresentato due delfini in amore, augurio di prossime nozze rinnovate: tu poserai le labra sull'orlo, ed in quel posto dove l'avrai messe ricongiungerò le mie. Ora questa è ripiena di grani di quelle due collane che Seso ti ha preso e ch'io ti rendo. Che il cristallo azzurro e dorato dei piccoli globi preziosi ti aggiunga bellezza.

E se ti basta il rozzo vasellino d'unguento fenicio, non vorresti cambiare in meglio con questo profumo che viene dall'India distillato da erbe miracolose? Profumo, chiama profumo ed io vorrei ripeterti ogni momento alla piccola orecchia questo dolce bisticcio d'amore.

Poi appendi questa corona che le più abili mani di stephanoplaste abbiano intrecciato sotto al mio consiglio: numera un gilio, un botton di rosa, un anemone umido ancora di rugiada, il tiepido narciso e la violetta bruna, incensiere nascosto e perenne. Appendila al capezzale che t'infiori i sogni propizii.

In fine continua pure a ciarlar male di me: «Oh il vecchio Geron; oh il disgustoso vecchio usurajo di Geron!». Lo so tu fuggi la canizie molesta e se qualcuno d'età appassita ti offrisse i tesori di Tantalo per giacer con lui non ne faresti conto. Ma ti dico io di darmi un bacio, un bacio solo? No, tu verrai in breve a concedermiti intera. Loda sempre a mio sfavore il naso adunco di Seso e chiamalo regio, i suoi occhi lionati ed infidi e credi che trascolorino così per tuo amore. Sei come colui preso d'affezione per una botte perché un giorno socchiuse vin generoso; ora che spilla acqua, trangugiandola e facendo boccaccie s'immagina di bevere sempre umor di vite genuino.

Ma lasciamo andare: questo ti susurra il rozzo e goffo vecchio usurajo di Geron, ma te lo fa scrivere dallo scriba che ha trespolo sotto la terza colonna del portico: perché s'egli non sa che segnar numeri sulle tavolette della sua banca, sa pure pensare e dettare come un poeta quando ti si rivolge pregandoti.

X.

…..a…..

«O tu carina, che vendi rose, sei tu fresca e chiusa, porporina e profumata come il bocciolo che hai tra le mani ed offri? Ma del resto, che vendi tu realmente? Te o le rose? Sappiamelo dire».

XI.

…..a…..

«Afferra al volo questo pomo che ti vien gettato, nascondilo. È gravido di me; testé, quando sarai sola, leggimi. Qualcuno che ti ama mi ti ha fatto cadere in grembo. Ricevimi, ed in iscambio promettigli un bacio. Bene, se sì: se tu ricusi, ancora bene. Il pomo si è ammaccato cadendo e presto rinnerirà, guastandosi. Rifletti; tu sei fresca come ora la mela, lucida ed invermigliata, ma durerai poco, come la mela».

XII. MELISSARION A GLYCERA

Strana in vero è questa rondinella di cui indirizzasti il volo verso di me, ed incominciai ad uscire dalla consuetudine quando me la vidi così davanti dorata e non nera e d'argento come le altre che trillano pel cielo. Poi, per cercare di comprenderla meglio ho voluto prodigarle tutte le mie amorevolezze, cercando di rammollirla al fuoco de' miei affetti: perché tu sai che cera vergine è poco malleabile e mal si presta alla forma, se prima non sia tenuta calda nel palmo della mano, e ben carezzata e lisciata, in fine si arrende. Ma fu come se avessi segnata un'altra bianca linea sul bianco della cerussa, che quella su questa si confonde: o pure, per quanto tempo dura il solco del remo nell'acque del mare? Subito dopo la superficie si ricompone e non lascia traccia per dove il burchio sia trascorso.

M'ascolta ella, e in che mi giova? È selvatica ed amorevole ad un tempo; ti mostra attenzione con piacere, ma non fa quanto le consigli; promette pensando ad altro e canterella come una schiavetta Skyta se tu le ragioni. Poi se risponde taglia la fiamma, soffia nella rena, ribatte un chiodo colla spugna, tanto sa d'eloquenza e, a suo profitto, la sfoggia; o celia. Tu la vedi, appoggiata un poco la guancia sulla sinistra e l'altra sul fianco, figgerti li occhi addosso, dopo la sua omelia, contenta d'averti sì o no persuasa, ma in fine ridotta a tacere e non in collera con lei. Sai tu che ella pensi veramente?

Io le dico e la rampogno dolcemente: «Eros sdegna i superbi ed alla fine li fa arrabbiare d'amore per qualche indegno, e questa è la più terribile disgrazia che ne possa cogliere. Se tu tiri troppo la corda ti si rompe in mano. Tu sei in casa di Melissarion, sei bella, sapiente; tutti traggono a te, e tu ti rifiuti: spiegami l'enigma. Tu passeggi sulla gettata, fiorita come la primavera e come un mandorlo olezzante; strepiti colle maniglie che sai leggiadramente agitare; ti premi colla punta delle dita leggermente il seno, sospirando, come gesto amatorio; e non vuoi che dalle unghie si conosca il leone! Dimmi tu come qualcuno dall'aspetto tuo non sarebbe preso a trattarti subito con dimestichezza: e ti lagni? Sei più casta d'Arthemis; fai arrossire le mogli de' magistrati perché Ampelide, quella del Dikajodele, non può vantare come te pudore e riserbatezza; ma, cara mia, ripeto, quando si è in casa di Melissarion, queste sono virtù fuori di posto, e per di più pericolose. Tant'era buscarsi, bambina, per tempo un giovanottino robusto ed innocente figlio di qualche gastaldo e sposartelo per rincantucciarvi in campagna tra le faccende del pollajo e le dispute colle schiave fanullone. Ma da che ti sei fatta cittadina ed in questo modo, dammi almeno retta. L'albero rigoglioso ed opimo non si scuote né si getta di dosso il villano che su pei rami lo va spogliando de' frutti. Quale sarebbe il suo profitto se li lasciasse infracidire tra foglia e foglia a dispetto di chi vuol cogliere, col pretesto di volerli serbare? A bellezza maggiore, desiderii più vivi: scegli; e Melissarion sarà lieta di ben volerti e di farti regali. E sappia ancora questo perché impari. La bella giovane è simile ad un prato fiorito di primavera: finché gli rimane il colore dei fiori risplende, ma giunto l'autunno imbrunisce come la terra nuda ed invecchia fendendosi pel gelo all'inverno duro ed ispido». Eh sì, Glycera, codeste sono ciancie: è come s'io volessi far rizzare sull'acqua un delfino perché vi passeggi colla coda, invece di nuotarvi per mezzo.

Diventa fastidiosa, amica, la nostra esistenza: l'amore si è fatto difficile e stravagante; parmi che Cypris stessa v'impiegherebbe male la destrezza delle sue dita e la compiacenza della sua lingua. Ieri mettevo conto sopra di Akkis che conosci, e prometteva quand'ella volse per altra strada, da farmi arrossire sia uscita così povera e mal destra da casa mia e con in cuore quella pazza passione che l'ha inselvatichita: onde la vedono aggirarsi come una persona da tragedia in lutto, annojando tutti colla sua disperazione. Poi Mnester raccoglie presso di sé tutte le nostre pratiche. Conviene che io gli stia amica e che vi conduca le giovani, ma tu sai quanto il guadagno si sminuzza passando per tante mani: ed in pubblico come bisogna conservare il volto lieto, mostrarci felici e salutare questa e quella e conservarsi al suo posto. Tutto ciò merita riguardo e la mia fama mi frutta come un giorno la bellezza. Allora io era la Melissa, la piccola ape d'oro che faceva bottino nei cuori e distillava il miele sulle labra pe' baci; allora la pelle delicata come un petalo di gilio, i seni sodi; il piede roseo e minuto come un pulcino; la taglia elegante ed elastica; le sopracilie senza bistro; le guancie senza cosmetico e i riccioli non finti;

faceva assegnamento con sicurezza sopra di me stessa, ed ebbi casa, giardino e schiavi e qualche nave che traffica sotto la condotta di un mio liberto di fiducia. Ora per conservare quanto possiedo è necessario che faccia caso dalle altre e le orno, le profumo, le addottrino, non perché mi rimangano inutili. Temo giorni peggiori e vorrei far bottino come le formiche; il mio specchio mi avvisa cotidianamente. A farti la confidenza, di giorno in giorno divengo una scimmiona che resiste al tempo con molta arte. E chi mi fa moine e mi accarezza troppo non ascolto perché certo m'inganna e li sciocchi restano scornati giovandomi la mia lunga esperienza. Vi sono anche de' melensi che mi si strofinano alle braccia la sera da Mnester sussurrandomi: «Melitta, preferisco le tue rughe alla freschezza delle giovanette; meglio amerei tenere nelle mani i tuoi seni che si inchinano come rose sbocciate, che le poma acerbe, dure e gelate delle verginelle. Tu risplendi più bella di una primavera autunno succolento, Melitta Opòra».

Su via, Glycera, ora che sai le mie noje scrivi e sollecita Kelidonio ch'ella comprenda: dille che attendendo troppo si potrà conservare per un amico ipogeo, già che li uomini di sopra alla terra non pazientano fino la vecchiaja per godersi delizie ammuffite e legnose, baci bavosi e trasporti ridicoli ed impotenti.

XIII. GLYCERA A KELIDONIO

Raffrena i cavalli impazienti ed oscuri della tua folle imaginazione; non accogliere le fantasime che escono per te dalle torbide porte di corno. Il passato non conta più e non ti faccia ombra sul presente; non tentare li buoni dei col sospirare, con rammaricarti, col disperare; prendi la vita come ti viene e non affaticarti a correggere il destino che giace in grembo a Zeus, a cui anche comanda.

Noi siamo etere, le amiche di tutti; e se alcuna più esperta ne consiglia odila e fa quanto dice. La golosità delli uomini è somma; e sembrano di quei bruchi che là dove puzza ed ammorba la carogna corrono a stuolo per assaggiarne. La più sfacciata e la più impudente è colei che vince in lizza e sale in fortuna. Fa buon viso a chiunque, al ragazzo imberbe che vien sotto alle finestre per cantarti la serenata in sulla sera, al vecchio barbuto come un caprone che si attarda a vezzeggiarti; al cinico che non vuole condimenti, giuochi che stancano; al delicato che suona tutta la lira delle squisitezze preliminari per giungere a gradi al bacio supremo. Sopporta in pace lo scherzo e scherza; fingi di partecipare ai trasporti del compagno, rovesciando le pupille e rimanendo tramortita, per ridertene con poco, dopo l'inganno in cui hai preso l'amico.

Codesto è codice di nostre malizie: se ami, sforza te stessa a non dimostrarlo: se sei amata accogli freddamente, non cedere d'un subito né alla carezza, né alla offerta; cura di interessare al tuo capriccio come ti frulla; se ti fugge un sorriso di soddisfazione frenalo sulle labra quando inopportuno, come sempre l'importunissimo sbadiglio.

Le nostre amiche che ci precedettero nell'arringo di Paphia furono celebri per questo, ed i filosofi ed i poeti babbei che prendono lo sterco luminoso di una lucciola per un raggio di stella fuorviata tra l'erbe, ne hanno cantate le lodi con grande fervore. Oh! le iperboli fanno la vostra allegria e giovano al nostro tornaconto.

Imitiamo dunque l'Opôra autunnale dai molti frutti saporiti; e Nicostrata ermafrodita e Sigea promontorio roseo di immancabili tempeste contro a cui ogni virtuosa resistenza viene a naufragare. Imita l'ardore di Phormesion rinascente ad ogni abbraccio in forma nuova, per rimorire sotto al corpo dell'amico stretto tra le madreperle socchiuse e luride delle sue coscie: impara dalla giovane Antheia, desiderio fresco e, se ben sfogliato, quasi fiore intatto al peripatetico; gareggia colla perversa Lamia la quale faceva trapassare felicemente e nelle ebbrezze più straordinarie senza un sospiro di rammarico, ma con voce interrotta di piacere, dalle praterie piene di sole, d'amore e di vita, alle rive morte ed enigmatiche dello Stige l'anime delli amanti. Queste, prima di aver compreso l'esodo fremente, vagole si trovano a chiamare Charon, nell'ultimo bacio ricevuto sull'ultimo spasimo partecipato.

È conveniente che dicano di te come di Demonossa che divorava in un giorno dodici giovanetti o che ti acconci alle saporite voluttà di Sappho col pretesto di non divirilizzarti. Abbia pura la rinomanza di Lyris che mangia pastiglie di menta cosmetica per vincere il putar del fiato ma che per questo non è men buona fellatrice. Concediti qualche stranezza come il non depilarti, per conservarti più elastica e fresca.

Le ciancie che si fanno in torno alle nostre supposte eccentricità uccellano alle reti del nostro mestiere. Inorgoglisci se ti scrivono sulla porta delli epigrammi: «Kelidonio, il tuo bacio è vischio e i tuoi occhi sprizzano fiamme. Colui che tu guardi abbruci, colui che ti tocca non ti si può più staccare».

Fa che domattina la nuova pratica ch'esce dalla tua cameretta esclami: «Oh che piedin di neve; oh gambe rotonde e rosee di Atalanta; oh bellezza per la quale io muojo anche dopo il possesso! Oh spalle tonde e lunari, seni piccoli e pieni e pupille languide che mi mandano in delirio! O flebili grida, e baci e morsi, delizia! Che importa ch'ella non sia Sappho o Frine od Aspasia? Fosse anche bruna come una negra d'Etiopia l'amerei egualmente».

Ma io ti so costumata, onesta di parole, pudica: fossi anche nuda, la tua attitudine respingerebbe ogni insulto colla sua castità. Conserva se vuoi questa dote, che sono grazie ed ornamento, ma che tu perda quando sia necessario la solita riserbatezza. Presto ti alzi dalle mense dopo di aver bevuto acqua sola o teneramente imporporata da una gocciola di vino: così non ti confondi colle sudicione o colle ubriache; però senza giungere all'eccesso le tue pupille rimangono meno vive; sei in confronto all'altre meno audace, meno languida. Ti compiaci delle tenebre e spogliandoti subito spegni la lampada: chi giacerà teco, ama invece molta luce per scoprire e bearsi delle tue perfezioni. I tuoi baci sono morali e freschi come il contatto di un gelsomino a pena colto e posto sulle labra; le tue parole non eccitano, e le tue mani stanno ferme, non accennano, non significano come le nostre che quando la bocca tace sfuggendo per buona educazione le oscenità, quelle completano la frase coi gesti: e tutta tu stai come presentassi al sacerdote il vino e l'incenso in un rito espiatorio.

Ciò vale per certi giovani che si svaporano in nubi fumigose e vi si perdono dietro col fabricare le difficili nubilosità di una loro letteratura; ma per altri giova poco. Le schiave Frigie turbate nel sonno dal rumore confuso e battagliero dell'amplesso d'Ettore e d'Andromaca, si alzavano, e dietro le cortine spiavano ascoltando. Questo è un esempio: un altro. Herodas giovane poeta non infermo e ben piantato, venutoci da Chos, voleva magnificare le corone sciupate ed appassite che l'amica gli regalava alla mattina dopo una notte di festino. Così più le rose, il mirto e l'ellera erano pesti e sciupate, meglio esso li aggradiva senz'ombra di gelosia se pure non si fosse trovato tra li invitati, perché dimostravano dell'ardore e della foga divina ed inesausta di colei che amava.

Vedi li umori e le varietà delli uomini che mai dobbiamo e servire e schernire e berteggiare e spogliare insieme; conoscili e fanne tuo prò. Tutto il resto si racchiude nella breve orbita del cinto che ci abbraccia i fianchi. Eros vola, rivola, fugge, ritorna, si perde e si ritrova. La vita è una barca colla vela spiegata che va col favore del vento e dove la porta. Ricordati del teschio che in sulla soglia della mia esedra il mosaico ti esprime primo alla vista. Non ha né chiome, né orecchie, né naso, né occhi, né lingua, né labra, più nulla; non pertanto è incoronato come un invitato a veglia: ti muova colla pietà le lagrime, ma ti insegni che tu l'assomiglierai un giorno; fatalmente e, te disgraziata, se non avrai vuotato sino in fondo la coppa che il piacere e la gioventù ti hanno offerto.

Kelidonio, fuga le fantasime oscure ed inquiete, spargendo sul braciere mirra e belzuino. Il fumo ed il profumo acuto di questi aromati fan dileguare le moleste apparenze che la malinconia richiama di sotto alle porte di corno dell'Hades.

XIV. MNASIKA A PHILISCOS

Eccotene un'altra di Satyro:

CONTRO POSIDIPPO

«Gemmati pure il medio con perle di sette colori
    meglio risplenderà aderto al segno:

sotto nel pugno chiuso stian l'altre dita flesse
    fingendo l'attributo priapesco.

Beffi così facendo decenza ateniese e molesta;
    adorni il catapigio e riabiliti.

Vengono presti al faro che splende da lungi ed invita
    le vaghe navicelle emasculate:

l'acqua è propizia e calma in vero come nel porto Ennosto e conviene
    cercar buon ancoraggio alla frequenza.

Fanne corona intanto, destinala al tuo capezzale
    Diodoro, il bianco gilio, alla viola

bruna d'Hetaclyde intessi; poi la rosa incarnata e ridente
    Dione rubicondo al floro Areta:

Myiskon le verdi olive ti porta tenaci ed acidule,
    le spiche del serpillo Udiadema.

Ecco ghirlanda esimia, deliziati a lungo, o felice,
    facili puerizie Eros commenda.

Che? tu sudi ed arrossi? ti tremano sotto i ginocchi?
    Flacido e stanco all'amor ti ricusi?

Dione Areta e Myiskon e l'altri professi mignoni
    non san risuscitare il tuo vigore?

Vano scintilla il medio d'anelli preziosi al richiamo
    il tuo maschio vigore manca e perisce».

Che cosa mai abbia fatto Posidippo a Satyro non saprei: egli è vecchierello da bene, di modi cortesi, arzillo, asciutto e coll'occhi limpidi ancora ed arditi. È ricco. Sarebbe un ottimo amico per noi se non fosse tirato dall'altra parte da quei monellucci della montagna de' quali si invaghisce sfarfallando ed educandosene in casa, or l'uno or l'altro, ora una schiera. Apprezza anche le professionali prestanze dei cinedi. Fatto è che è tenuto in conto di buon pagatore e non lo trascurano.

Non credo che Satyro badi a quelle poma coriacee ed acerbe, ma come va che per tutto fa cantare e declamare il suo epigramma ed anche sotto la porta di lui? Non gli è certo rivale.

Vedi come un villan rifatto non per difendere l'ordine di natura, ma per isfogare un suo talentaccio nativo cresciutogli tra un solco e l'altro dell'aratro, si fa poeta. Le aggiunge verso a versi, in breve ne farà un volume come la Corona ed avrà i suoi discepoli che per mal gusto imiteranno la sua rozzezza.

Non ti meravigliare se oggi ti scrivo da grammatico. Glycera sta prendendo lezioni ed io con lei da Philonides, amatore d'antichità, di belle lettere e di facili ragazze. E tra un giuoco e l'altro, parlando d'obelischi, di tombe ipogee, delle virtù delle gemme e de' cattivi poeti ci addottrina.

Ciò non impedisce ch'io continui a tener a bada l'Armeno, più biondo che mai, più sospiroso; in compenso ora sa pronunciare un po' meglio il «rhô» ed il «theta» da rendersi quasi intelligibile.

E tu Liskion, mio buon vecchio amico, come te la passi? Sospiri ancora la tua Mnasika che non ti ha scordato, che ti ha dovuto lasciare per ragioni commerciali? Ridi a queste parole. La tua bottega, dici, si trasporta facilmente di qua e di là colla sua merce dentro e dove vuoi: fa con questa una sola casa. Forse sospiri e pensi che se l'avaro di tuo zio non avesse per te legato la borsa con sette lunghi crini di cammello assicurandone il nodo con un suggello di piombo, a quest'ora noi ci godremmo insieme quanto ci avanza di giovanezza nel tumulto cortese dei baci e della grammatica. Di', poveretto mio, non sarebbe un ottimo passatempo? Mnasika, quando pure fosse idoleggiata dall'Armeno, direbbe di sì.

XV. PHILISCOS A MNASIKA

Ad epigramma, epigramma; se tu ne' penetrali della tua casetta hai un'arca secreta in cui conservi queste preziosità equivoche di letteratura per il futuro diletto dei nostri nipoti, chiamalo priapeon ed illustralo del doppio segno della croce ansata, come l'attributo d'Isis, in ossequio alla tua salace curiosità ed al tuo mestiere. Qualcuno poi che sia un rinnovato peripatetico, ti sarà grato, e se non te, chi sa da quanto tempo morta, ringrazierà la tua memoria, per la varia raccolta.

Epimachos, che nacque in questa città, figlio di Paris Komarko, si diede come lui alla magistratura, fu a Roma ed ora se ne torna dikajodate con seguito di scribi e di servi e con bellissima moglie. Gli hanno fatto festa, ma più che a lui a questa; ed essa è una brunettina agile e fresca, piena d'arguzia scintillante come un razzo di fuoco greco, che quando parla manda stelle paradossali per l'aria e col suo fare ora languido ora risoluto ci ha tutti infiammati.

La chiamano Ampelide tant'è minutina ma tenace ed avvolgente come la vite che si abbraccia sopra il tronco di un cipresso; però ella deve essere una Tulla se non romana almeno italica. Dicesi che si pronò appena pubere in certi piccoli teatri chiusi e privati e nelli spettacoli di dopo cena a mimeggiare Myna e Pasiphae e la trasformazione d'Ermaphrodito, per cui ebbe applausi e voga; quindi ascoltando un vecchio senatore abbia messo locanda ben arredata per noi orientali che andiamo alla Città per affari, dove se ne la richiedevamo locava sé col lettuccio.

Non sto a verificare se queste siano più o meno calunnie. Ora Ampelide si è fatto dietro seguito del meglio di vagheggini, risponde con buona grazia, mentre ci schernisce e si difende; accetta doni e non rende mai, fa la donna di conto. Ha gesto moderato, sorriso serio, porta i capelli inanellati da cui non appar studio d'acconciatura, coperti da una cuffiettina decente, ma accresce la prestanza colli alti tacchi de' coturnetti intieri di cojame dorato, sì ch'ella incede solenne come una Dea.

Ciò, Mnasika, è quanto si vede. La tristizia delli scioperati delusi nel vano corteggiarla fa raccontare invece de' secreti convegni, di baci preziosi ma incompleti coll'uno, coll'altro, con tutti senza che nessuno possa dire del resto e per conto suo d'averla veramente posseduta. Usa ella inganno? Non è vero quanto dicono? Che ne so io ora che ho imparato a vivere da filosofo e da filosofo giudico li uomini?

Se esci puoi star certa che un chiunque ti si accosta in sulla via e ti sussurri: – Ampelide eh! Povero Epimachos che volle tornarsi in patria con questo regalo di sposa per essere lo zimbello di tutti! Questo, quest'altro e quello, a pena lo vogliano e ne hanno quanto meglio desiderano e le grazie. – Che grazie? dico. – Eh si domanda a loro. – E ride furbescamente. Li interessati se li interroghi si schivano: altri racconta che Ampelide dica ai vagheggini: «Sì tutto è vostro, e li occhi e la bocca e il seno: baciatemi, abbracciatemi, toccatemi e di frodo e seduta ed in piedi, ma non cercate, né sperate mai da me nozze sostanziali». Così li rimanda più incesi e rossi di prima in casa di Melissarion, porto comunque aperto che ha vivi cordiali al loro sofrire e li placa e li raffredda colle buone sorelle che alloggia.

Fatto sta che l'irritazione è al colmo; sì che un anonimo rapsodo l'ha interpretata e fa vendere anche dentro alla basilica ed il pretorio, sotto mano, ed in faccia al magistrato Epimachos le sue tavolette di abete cerato colla canzone. Se la vuoi te la trascrivo:

CONTRO AMPELIDE

Nessuno per certo né ricco né povero

in tutta la città si può vantare

d'aver gustato all'acini maturi

della attorcente Ampelide.

Tutti i golosi stan di sotto al ceppo,

l'abbracciano al pedagno e si graffian

     le mani,

ma la groppa che impende non declina.

«Così casta è costei?» chiedo stupito.

«Ricusa il sesso ma ti appresta la bocca».

Cfr. Martialis, Lib. IV Epigr. 85.

«Tam casta est, rogo Tais? immo fellat».

Epimachos intanto fa il giudice assennato e non volge il capo come una pescivendola ad ogni stormir di fronda: non ode, ignora. Egli è del resto bell'uomo, alto della persona e sbarbato come un Cesare: gli si presterebbero assai bene il lacticlavio e la corona laureata quando detta sentenza. Vede la casa piena di dovizia e sorride alla mogliettina la quale, non so, ma deve prendere propine da Melissarion per quelle starne in calore che ella suscita bene e che vanno a caderle nel paretajo assai munito di allettamenti. Forse pure Epimachos dal colettore Iginio dell'auro lustrale si fa pagare un tanto, pel buon incremento che dà all'erario destinato ai ristauri di circhi e delli anfiteatri sulle rendite del pornejon; e tutto sta per il meglio, per il principe e per i privati, secondo la destrezza di una feminetta astuta.

In tal modo un magistrato concilia le leggi nella basilica, il benessere in casa, il frutto al dicterion, le offerte all'astarteon, il buon nome alla moglie, la sua comodità nel letto. Guarda se altri sia più fortunato di lui.

Non io certo, o Mnasika, finché mi dovrò rodere le ossa, aspettando il buon avvento di Hermes guidator d'anime, che passando da qui si conduca seco anche quel cuojo vecchio e sdruscito di mio zio. E mentre duro pazienza, un po' col cinico, lo stoico e l'eleatico, compongo una saggezza che sta con l'indipendenza condendo tutto colla curiosità dei peripatetici e l'arte parassitaria. A che rammentarmi i giorni passati e farmi triste se non possono tornare più? Non sono un annojato, non un astemio, non un impotente, non un rammollito: dunque vedi se mi cruccio dentro pensando che i vecchi babbioni si godono per denaro tutte le mollezze della tavola e del letto e ch'io debba invece aspettare dal caso o dalla natura qualche soddisfazione a' miei appetiti.

Ier notte di fatti n'ebbi refrigerio in sogno, e perché la cosa è curiosa e piacevole insieme, te la racconto. Melissarion ci aveva raccolti a festino per solennizzare una sua nuova e tenera amica, giuntale in casa poco fa. E dopo le mense, i discorsi, le baje e li scherzi, il mimo ed il resto, ci provammo per iscommesse al Kóttabo. Fu ressa a torno al giuoco; risa per i mal destri, applausi per coloro i quali di un getto pronto e capace facevano risuonare argentinamente i battaghi sulli oxibaphi di bronzo instoriato. Io fui tra i migliori; ma chi tutti superò fu la nuova giovanetta Kelidonio. Ad ogni colpo, sulla testa caprina di Manes cadeva squillando per il peso subito del vino gettatovi il piattello concavo e polito come cappella tornita sopra i seni turgidi di una nutrice; e suscitava ammirazione. Essa impregnava la ankyle con un gesto aggraziato e sicuro, volgendo indietro la mano: si appoggiava sul gomito sinistro fermo al fianco e colla destra descriveva un cerchio largo per mandare al segno il latex. Quando palleggiando il vaso, vi arrotondava a torno la mano a conchiglia e sviluppava di tra le pieghe crocee di un velo leggiero la tornita bianchezza di un suo braccio perfetto, era meraviglia ai nostri occhi che se ne beavano.

Sembrava una gladiatrice, sorridente il labro, ma le sopracilie unite sulla fronte senz'arco quasi alli occhi e lineari e la sua gloria ed il clamore che tra noi suscitava potevano venir invidiati dal più destro fromboliere che si presenti ai giuochi sulla arena. Io non mi stancava di rimirarla; colla capigliatura dorata un poco sfatta, colla gamba sinistra tesa sul piede fermo, il corpo raccolto; poi d'un tratto scattare col braccio destro come da una cocca la saetta; gonfiarsi l'omero tondo e lunare ed emergere tra i veli biondi di una Klaenin succinta e sotto al curvo e liquido dardo del vino, inchinarsi la planstinx, percuotere squillando la cervice dura e cornuta del bacchico Manes, rovesciata, dilagando porpore vive sul pavimento infiorato.

A ciascuno di noi Kelidonio aveva vinto la posta: in grembo i ninnoletti d'argento e le belle perle di cristallo pegno del giuoco; per mia parte un anelluccio o testa d'avventurina fu la perdita: ed avrei dato a lei tutto quanto possedeva se mi avesse distinto tra li altri. Ma Klinios il giovane padron di navi sembrava da lei essere preferito ed egli era tutto smancerie e svenevolezze, svolazzandole a torno come un moscone d'estate. Melissarion, da quella buona mammana che è, si consolava del profitto della vincita di cui buona parte le sarebbe toccata. Poi la novizia si sedette coronata di mirto, a godersi la sua gloria.

Per farla breve, il vino bevuto, l'esercizio violento del Kóttabo, il profumo de' bracieri, la lascivia delle parole, le grazie a pena velate delle fanciulle, tanto mi riscaldarono, che uscito per rincasare, la frescura della notte non dissipò al tutto la mia ebrietà. Tra le imagini confuse, vedeva sorgere l'omero lunare di Kelidonio tra l'alone croceo dei veli e protendersi la forma perfetta del braccio vittorioso, e sotto l'impero di questa visione mi addormentai, e fu ventura dolce.

Glycera intanto si è bene appresa se inragna Philonides: egli è un vecchio otre che ben spremuto può riempire ancora qualche anfora. Da molto non lo vidi, né sapeva dove si fosse cacciato: ora che lo so, il mio chiacchierare lo vorrà raggiungere colle nuvole peripatetiche e metafisiche. Per me salutalo e colli altri.

Io misi me stesso alla porta l'altra sera in casa di Melissarion, e tu hai vinto Kelidonio. A mia imagine e me simboleggiando un minuscolo personaggio d'argento e d'ambra, hai raccolto nel tuo grembo, o vittoriosa. Tu sai l'arte complicata ed i fili che gli fanno muovere le membra: e le gambe si aprono e la testa accenna inchinandosi, e li occhi si volgono e le mani compiono il gesto che loro imponi. Il fantoccio sembra un essere vivo. Oh lui fortunato che ti sta nel cavo e caldo grembo e che ti risente! E piega al tuo capriccio! Non sei tu la signora? Ed io non muovo come quello, ubbidiente? Ora vuoi me e l'altro insieme? Non sciorino parlar attico, né retorica per persuaderti. Io sono tuo, prendimi. Tu hai la pelle dorata delle vergini che abitano le spiaggie del mare là vicino alle Sirti ed ai deserti di sabbia, e ch'io vedeva accorrere verso la mia nave se vi approdava, battendo le mani e squassando per allegrezza i crotali di conchiglie. Ed i tuoi capelli rosso d'oro sono composti come un elmetto basso sulla fronte: e le tue sopracilie oscure e sottili si riuniscono quasi lineari e ti suggellano sopra li occhi ed in mente un pensiero ed un sogno astruso ch'io vorrei scifrare. Tu sei una fresca vendemmia di rose e sei sapiente come una perfetta allieva del didascalon di Mitylene. Ed io come sono povero e brutto vicino a te, ed oso guardarti in volto! Tu sei raccolta in te ed oscura, per quanto d'oro: tu persisti per quanto rondine viaggiatrice. Ma posso io saperti? Quale è la parola o la chiave che apre il tuo mistero? L'altra sera, fingendo la danza delle api, forse mi hai presentato l'aspetto tuo vero e recondito. Le gambe unite e strette ti segnavano sul ventre il «van» mistico e fenicio dell'Assira Astarthe, un'ombra d'oro ascendendo pei lati più aperti verso l'ombelico, in triangolo: e le tue braccia nude incrociate sui seni te li proteggevano. Un ronzio insistente annunciava presso di te la pecchia golosa, la tua immobilità meglio ti difendeva dall'importuna che i balzi scomposti ed irragionevoli delle paurose. Nel tuo corpo nudo, ma chiuso e pudico, né meno il raggio del sole avrebbe potuto violando penetrare. Hai tu voluto dirmi che il moscone irritato del mio desiderio non ti avrebbe mai sfiorata?

Oh Kelidonio! Se sopra la chlaenion rossa e gialla getti il tarantinidion di seta aspra e spessa, a coprirti di cenere intessuta e solo ne sporge fuori a metà il volto come la luna scema tra le nuvole, che dice il tuo sorriso di Sfinge scolpita nel basalto chiaro a custodia in sulla porta delle tombe dei nostri avi?

Rispondimi, Kelidonio; fammi morire d'un tratto rifiutando, ma non tenermi in lunga agonia sospeso sul dubio e nella eccitazione. Sospiro e sudo; i miei occhi vedono scintille di fuoco piovere davanti in un nembo rosso, mentre alle orecchie mi crepita un suono indeciso, nel grande silenzio della esedra. Oh il tuo profumo lontano, come di loto libico che abbruci, e che fa per una magica dolcezza dimenticare anche la patria amata!

Vuoi tu Kelidonio prendermi come uno schiavo?

Cessa dalle nojose importunità che mi irritano. Non è a me, bella di molt'anni sono, ed ora sdrucita carcassa di nave che devi rivolgerti. Vi ha un capraio ispido come la barba del suo becco e libidinoso come una lepre di due anni che può fare al caso tuo. Per conto mio non mi sento d'interrompere la tua giusta vedovanza, e la tua insaziata ingordigia può forse non ributtare quel rustico uomo e melenso ch'io ti propongo. S'egli poi ti rifiuta eccomi ancora a consigliarti per sopra mercato. Se svolti alla casina di Manes, due passi avanti vi è una porta sempre aperta che tien sospesa, ballonzolando all'aria, due sandalacci bulettati e ferrati da legionario, come insegna. Entra in fondo, troverai Bitas seduto al suo deschetto: calvo, piccolo e panciuto, presto di lingua come una calandra di primavera ed artefice diligentissimo. Lo riconoscerai subito perché assomiglia come fico a fico della medesima pianta a Pistos, l'eunuco giuocoliere di Piazza Bianca.

Costui è la tua buona dea Banbô, se a lui come un'altra e sconsolata Demeter ti vorrai presentare: egli saprà come a questa richiamarti il sorriso sulle labra; e fa che non sia una smorfia da spaventarlo. Bitas è amante del bello. Che, del resto, tu sai ciò che Banbò ha recato fuori della sua casa in risposta alle querimonie dolorose della madre per la rubata ed equivoca figlia Persephone, e come la dea delle messi si sia d'un tratto rasserenata.

XVIII. PHILISCOS A KELIDONIO

Se tu concedi che uno straniero ed uno sconosciuto il quale non possiede che sé stesso e la libertà possa manifestarti la sua ammirazione, fallo colla grazia consueta e compiaciti per lui.

Io non ti cerco né potrei del resto ricompensarti. Ma il mio elogio valga, perché di buon conoscitore e non può essere trascurato. Non voglio magnificarti oltre misura: tu non hai bisogno di corone, di cinti, d'abiti ricamati, di giojelleria per essere apprezzata, come il fumo dell'iperbole, a moltissime gratissimo, non aggiunge valore al discorso che parla di te, ma ne diminuisce la sincerità. Il giacinto indiano brilla meno della tua pupilla sotto l'arcata d'oro del sopracilio, per quanto sia oscuro ed insieme più lucido delle onde del mare baciate dalla luna: cristallo ed alabastro t'invidiano il caldo e flavo nitore delle membra: la tua bocca si apre come una piccola coppa vermiglia quando sospira e parla. A che chiamare in paragone il marmo di Paros, uscito dallo scarpello di Parrhasios, per esprimere la bella armonia, la soda compostezza del tuo corpo tutto? E Thitis che si bagna tutto il giorno con Okeanos e gli sta seduta in grembo, ma che all'aurora ed al vespero ne sorge e si scioglie dalle braccia dello sposo, vergognosetta a passeggiar sulla spiaggia, mentre le sue coscie rabbrividiscono ed ondeggiano mollemente come la superfice dell'acque sue materne in calma; e si cuopre dell'una mano il seno, dell'altra il sesso, ma tanto quanto due piccole foglie di platano possono fare sì che da l'una emergono le poma turgide e dall'altra un ricciuto e basso muschio pudico; Thitis dalle guancie purpuree ha desiderato che tua madre a sua imagine ti componesse i piedini.

Sei così, Kelidonio, tutta bella e tutta pura: sei ballatrice perfetta, mima squisita, ed arciera esimia: sento tutt'ora battere la cappella di bronzo sulla testa di Manes ogni qual volta tu gettavi il vino nel kóttabo, e rivedo ancora nella memoria tra l'alone croceo dei veli emergere il globo dell'omero vittorioso, come la luna che naviga piena e rotonda di estate in cielo, se tu tendevi il braccio e riversavi dalle ankyle lo zampillo porpureo e sicuro, scoppiando pel tuo buon augurio come un petalo di papavero tra palma e palma, per caso.

E se ancora, tu concedi che uno straniero, uomo libero ed orgoglioso da che elesse la povera filosofia alla pasciuta schiavitù di un vecchio avaro fastidioso, possa ricordarti ringraziandoti di un dono preziosissimo che tu gli hai fatto senza saperlo, abbiti una sua lunga riconoscenza. Perché egli dormiva, ed una fauna che ti somigliava, il tuo secondo e duplice aspetto ch'Isis esprime di ogni corpo vivo, e durante la notte di ogni giorno, e durante la notte continua della morte, conducendolo e riconducendolo dal cielo alla terra, come fa la Bari sacra, da Alessandria a Campo, nei dì del rito col mistagogo; codesta tua rappresentazione in sogno gli sdrajò in letto a fianco. Qui ridendo e folleggiando l'ha compiaciuto godendo insieme finché un genietto tristo e geloso che pur di notte s'imbosca vigilando a mio danno, coll'imitar il canto del gallo non ingannò l'alba ad aprire con maggior sollecitudine le porte di madreperla in cielo, onde fu in breve l'aurora, a mio dispetto fugando le fantasime. L'ombra si era dissolta e le cure della vita cotidiana ripresero a tormentarmi. E tu mi perdoni? Certo, Kelidonio, se dormendo non ci potessero ricreare questi sogni; se, sveglio, il profumo ed il colore di una rosa; il lampo bianco o rosso di un sorriso; il sole che va a bagnarsi nel mare, il primo raggio di porpora sulla Akropoli; il lauro verde canoro in sulla sera della virtuosità di un usignuolo; l'ira di una bella vergine infiammata di passione; la gajetta pelle di un gatto russante sdrajato sopra il marmo caldo del sedile a mezzo dì, ed i versi di Pindaro, come Adriano di Tiro li sapeva declamare, non fossero mai stati per noi, la vita sarebbe tale faccenda da non essere compatita.

Saggio è Eraclito, il tenebroso che piange dice l'uomo un iddio mortale ed il secolo un bimbo che scherza e giuoca a dama, e corre via all'impazzata: saggio è Democrito che gli si fa incontro a ridere di tutto e di tutti, perché ogni cosa è vuota, concorso d'atomi vuoti ed immensità, fumi che il nostro spirito condensa come gli conviene; e ciascun gesto è una ridicola fatica nell'aria per ridicola vanità: saggio è chi come Crisippo vede e studia il di fuori ed il di dentro l'essoterico e l'esoterico, li compone e li distingue e ne fa la sua scienza sottile gabbandosi del mondo; ma se tu bevi al fresco, sotto una spessa pergola, vino di Chios, in una murra delicata di forma e d'intaglio, ed odi la canzone di un nautico sapiente, e colli occhi socchiusi vai palpeggiando un corpo fresco e profumato di giovane, che ti stia vicino; e discorrendo di nuvole, di ragne e di venti con parole scintillanti ed argentate cerchi imagini e paradossi e svolgi collo indimostrabile sillogismo tutte le più impensate composizioni di idee, l'una districando l'altra confondendo, ed in quel mezzo della pazzia di ognuno di noi, la tua compresa, tu sei l'uomo più saggio che esista.

Ma lasciamo andare, non curarti delle mie ciancie tu che sei presso alla felicità e puoi vincere li immortali se fai culto della tua bellezza. Fossi ricco, e questa mattina avresti fiori. Intreccierei il garofano bianco al tenero narciso coi mirti perenni, ed il gilio che ride nel suo cuor d'oro collo zafferano incandescente come una viva fiamma; o il jacinto violaceo colle rose turgide ch'Eros ribacia ed invermiglia: e farebbero corona. Ma hai tu bisogno, sopra il sole raggiante della tua capigliatura, smalti effimeri di fiori che impallidiscono al paragone, che non durano e che presto l'oscurano ritornando polvere morta? Perdonami e grazie, Kelidonio.

XIX. KLINIOS A KELIDONIO

No, Kelidonio, no; tu sei cruda e barbara come l'uccello di Prometeo nell'eterna tortura sanguinosa; no, codesta lunga ed oscura vita straziata d'angoscia è più terribile della morte! Perché non rispondi? Perché disprezzandomi non mi fai morto d'un tratto? Ho nelle vene un fuoco che mi divora: i miei occhi si fanno cavi e le nere insonnie mi tolgono la pace: un nodo sale e scende dallo stomaco alla gola come una palla di rame e non mi lascia respirare e mi soffoca. Verrai, quando la maschera dorata di sicomoro mi ricoprirà il volto, ed il corpo sarà tutto fasciato di bende, affatturato sarà, immobile come una statua d'argilla di cui mi avranno riempito il ventre; verrai allora, mentre le donne mi piangeranno, ed i miei schiavi saranno in lutto, e le mie barche nel porto terranno le vele floscie ed i remi sul fondo facendo sventolare all'aria pigra le banderuole nere, verrai a saziarti li occhi sarcastici nella mia morte e dell'opera tua?

Tutti che mi incontrano si meravigliano della mia magrezza: «Che hai? Che hai fatto?». Chiedono. «Quale Iddio ti perseguita? Quale sciagura ti ha colto? Quale filtro di maga tessala hai bevuto per essere così magro, giallo e sospiroso?». E l'uno: «Perché ti lamenti?». Ed io: «Amo!» E l'altro: «Chi?» E rispondo: «La perfezione di tutte le bellezze: io fui con lei a festino ed abbiamo seduto sul medesimo lettuccio; ed abbiamo bevuto alla stessa coppa; ed ella mi ha preso per sempre». E tutti allora: «Ed ora che vuoi? La cosa è semplice, ella è ragazza che va a festino; slaccia i cordoni della borsa e non far l'avaro». – «Che mi fa? Non è questo che voglio. Voglio un amore grande, lungo e misterioso, com'ella è misteriosa e perfetta a' miei occhi». E quelli ridono e mi stimano demente.

Abbia pietà, Kelidonio! In ogni vasca d'acqua cheta e limpida, in ogni ruota di cristallo, in ogni specchio, nella coppa in cui bevo, io ti vedo, costantemente. Dicesi che l'uomo morso da un cane in furore vegga in ogni pozza di stagno l'imagine della bestia del cui veleno muore. Oh l'amore arrabbiato; s'io muojo di te! Nel mare, nel ruscello, nelle fiamme, nelli occhi di tutti, io ti vedo, ti vedo. Salvami, salva un uomo che già batte alle porte dell'Hades; conservagli quel poco di vita che gli rimane.

Che posso io dirti, che ti posso io dare ancora, che già non ti abbia detto, che tutto non sia già tuo? Ti mando fiori: e la coppa che ne riceve i gambi e li rinfresca nell'acqua è quella che ha raccolto le mie lagrime amare e che porta i segni della mia febre, sull'orlo, quando i denti la mordono, per non lasciarsi sfuggire il grido disperato della mia passione. E fiori e vaso sono per te. Sottile lastra di metallo un giorno, al fuoco battuta dal paziente martello dell'artefice, assapora labra più dolce del miele e succhiale se puoi: infondi in quella bocca il sapore del mio pianto e l'ardenza del mio sofrire.

Kelidonio, se mi vuoi, rimanda la tazza, ed in giro annòdala di un tuo capello d'oro e di un filo di lana scarlatta.

XX. KELIDONIO A GLYCERA
ED A MNASIKA

I tuoi consigli, Glycera, vengano a chi pur troppo non volendo né potendo esserne persuaso deve non di meno seguirti; e non mi sono nuovi. Altre volte, fanciulletta, un mio pedagogo, mi intratteneva, sotto la parca ombria di una palma del giardino, in torno ai Libri di Demonassa ed Elephantis. Colui era un giovane già grigio di capelli e stanco delli uomini, delle cose ed anche delli Dei: fuggiasco dalla sua patria portava ovunque con sé l'amarezza dell'esilio e l'incredulità indifferente sopra tutto; ed avendo dolorato stimava or mai ottimo il ridire della vita sua senza perché, e di quella delli altri ripiena di fumo e di baje. Ricredutosi sopra l'ambizione, li onori, l'amore, le virtù e l'amicizia, conservò per tanto il culto alle Kariti ed a Paphia sovrana, proclamando il bel vivere e la callistenia: quindi celiando, al solo ufficio d'intramezzare la filosofia e la danza, Omero e Pindaro, si piegava come un maestrino da discalon cortigianesco ad enumerare i casi d'amore. Testo era Demonassa. La mia verginità solitaria e silenziosa non ne era turbata; né i suoi occhi limpidi e chiari si intorbidavano tenendomi vicina mentre mi spiegava le ipotesi difficili di quella virtuosa; io mi sentiva lieta, e non avrei mai pensato che tali lezioni mi avrebbero potuto servire in a venire; ed egli credeva parlando di dimenticarsi. Sopra di una stella, sorgente dal violetto, un globo di cristallo basilidiano rispecchiava il cielo, li alberi radi, la breve costa gialla e nuda erta sul mare, ripida e tagliente come la lama di una scimitarra, la bianca immobilità delle nuvole, il volo nero ed acuto delli uccelli: il nostro piccolo mondo. Dalla vasca prossima d'un balzo emergevano alcuni pesci dorati che un navigatore ci aveva portati da paesi stranieri dove li uomini hanno raso il cranio e dal cucuzzolo lasciano cadere una lunga coda di crini neri: ed i pesci balzando bevevan aria un istante, subito scomparsi tra le muffe e li scogli artificiali. Un pavone occhieggiava colla coda ricamata di soli verdi azzurri e d'oro; Edonio la schiavetta filava in un canto sotto la pergola lane gialle oscure e rosse; il bruno Ennapion sarchiava in torno ai gambi del zafferano, brunito come un rame usato; e Zena, la vecchietta, la nutrice, la parente forse, chi lo sa, tutta rughe ed attenzioni traversava il piccolo viale di cui l'arene scricchiolavano sotto la suola di legno de' sandali rustici e veniva verso di noi portandoci fresche bevande d'acqua di rose e di neve per dissetarci. Dopo una mia risata, il sorriso del maestro, e dall'orto vicino il raglio del grosso asino grigio del gastaldo di Pôs.

Ma ancora sono queste, o Glycera, le fantasime che mi inviti di fugare e dalle quali io sono assediata: e che importa a voi se io le descrivo? Le tue assai chiare parole mi indicano la nuova via: silenziosamente, forse per non turbarmi troppo ma con maggior sollecitudine sento da presso Melissarion a confermarvimi. E che so io di me, ripeto, per poter eleggere l'una cosa o l'altra? E poi che sono queste due cose? E come sono io libera di fare questo o più tosto quello? Quando avrò compiuto il giro dieciasette o venti o venticinque volte attorno alla meta rossa del sole e tanto tempo così sarà trascorso, o mia piccola Kelidonio, tu sarai morta e sarai cenere. Perché a pena dopo il primo nostro vagito è buja la corsa della esistenza e già dal nascere la fiaccola della vita tremula, fumiga, si piega e geme al vento, ed è miracolo se tosto non si spenga.

Certo avete ragione: tu, Glycera, e la poco lontana da te Mnasika e questa mia Melissarion. Del resto che posso io avere ora di più che non abbia, uscita dal pericolo del mare e della foresta, dalle mani de' ladroni come tu sai, dalle fiamme dell'incendio, dall'amore incompleto e mutilo di chi piango ahimé morto o, se non morto, veramente scomparso per me? Ed era nuda, affamata, gelata, insanguinata ed ora ho le cure e le attenzioni di chi reputo più che sorella od amica, mammina. Non passa giorno ch'ella non mi colmi della sua benevolenza: e mi manda a torno in pompa e con seguito di fanti e quando invita mi fa regina del festino. Anche jeri mi ha donato un tarantinidion trasparente ricamato a rose rosse e gialle pe' miei capelli, una luna scema d'elettro che alle fiamme inquiete delle lucerne scintilla più dell'oro: per le mani essenza d'Egitto; olio di serpillo pei seni, che si inguentino inturgidendosi: odor fenicio per le gote e per il cavo delle ascelle acqua di maggiorana.

Poi quando il vespero si attarda in questa bella stagione ci apre le porte e ci lascia uscire tutte come uno stormo di passeri ciarlieri sulla gettata. Qui il concorso è grande, la folla spessa e rumorosa di chi lavora e di chi ozieggia colle mani fasciate nelle pieghe della veste, di chi guarda, motteggia, sorride e ci invita.

Presto sono li Aloa, e sul biondo Adômus verranno a piangere le donne portando i canestri fioriti: presto si tagliano le messi, ed Isis ed Aphrodite qui confondono le loro feste. Vi è costume di strenne, di regali, di inviti a cena. I giovinetti innamorati, mi dice Philo, che sta con noi da Melissarion e che mi piace, mandano schiavi mentitori e ben fessi di lingua al padre per raccontargli qualche paurosa menzogna, ond'egli invii denaro da godersi in gozzoviglie colle amiche: o furibondi, stracciandosi la stola spaventano la mamma e la minacciano di ingaggiarsi soldati di marina se non dimette la solita avarizia: e quando hanno ottenuto ciò che vogliono sull'amore e sul pianto della poverina vengono da noi. Tu puoi quindi pensare se tutte le ragazze in questi giorni di vigilie e di conviti pei piccoli misteri di Demeter non si mettono in sciali, si studiano di vincersi in bellezza ed in grazia, con abiti migliori e con gioje più ricche, cercando di sorpassarsi a vicenda. Vanno per la lunga via che dal porto ascende all'Akropoli la quale si affaccia dietro un arco di trionfo di marmo roseo e giallo. A tratti a tratti, dalle colonne delle case, a traversare la strada, scendono delle tende o brune od azzurre, o porporine o delle pelli di cammello e di sotto i mercatanti sfanno l'involti e scoperchiano le casse delle loro mercatanzie le più preziose e le più belle che tu puoi vedere, la cupidigia sciorinata davanti a noi che non ci saziamo mai di ammirare. Poi si riversano sulle pietre lisce dei larghi passeggi della gettata; si volgono indietro ad osservare se alcuno le seguiti, ed occhieggiano, si sollevano lo strascico sulle gambe, o lasciano frusciare prolisso suscitando polvere. Il rumore de' sandaletti, delle scarpette, delle ciabatte, de' coturni che battono il suolo ricopre il risucchio del mare, il ciapottare dell'onde molli sotto lo scafo delle liburne. Le venditrici di miglio, d'uova, di legumi, le mercantesse di aglio e d'arancie colle loro ceste in capo gridano la merce e ne importunano: chi reca rose le ha disposte in canestri lunghi da cui i bei fiori agonizzanti reclinano il capo. L'aquajuolo invita a bere e le secchie ripiene a mezzo dondolano dalla sua spalla l'una di qua l'altra di là a capo di una pertica; non si rizzano marziali come le altre sul basto dell'asino, cigolando e rispecchiando nel loro metallo il vespero per via. I facchini intanto rincasano, l'ultimi navicellai tirano in secco le imbarcazioni leggiere. Abbondano, invece al cader del sole le auletridi, li psilli siriaci, il garzon di bagno, li unguentatori: chi apparecchia le bende per i cadaveri, chi scolpisce le maschere funerarie, le indovine, e furtivamente qualche vecchia esperta e discreta che porta messaggi in secretezza. Se alle volte una carovana di dromedarii curvi sotto le pesanti some scampanella e i mericiattoli che li conducono, la fronte fasciata di bende bianche ed il capo protetto da foglie verdi di palme larghe, bestemiano ed urlano tra la calca per aver passo e strada, vi è tumulto; chi qua chi là sfuggendo sotto i portici o nel vano delle porte. Ciò da pretesto ai giovani di correrci presso per ajuto, e chi ci afferra per un braccio, chi per la vita, tal'altre avventure un gesto più ardito non ributtato certo: i dromedarii rappresentano l'inaspettate fortune delle mature e delle più povere che coi loro acconti concessi sulla strada terminano la disputa in casa guadagnandosi qualche cosa.

Però i belli ed i ricchi ci osservano mentre processioniamo. Dicono ad alta voce il nome delle più ricercate e ne informano li stranieri. Con loro vi è la filosofia a buon mercato, la grammatica che puzza di aglio e di lardo rancido, i retori che vendono parole, ed i concionatori che disputano d'ogni cosa, dal sesso di una mosca alla bottega del barbiere, dalla cerussa nuova che impiega Gôrgo per spianarsi il volto dalle rughe all'ultimo editto del re imperiale. Ecco dall'Astarteion al Faro il passeggio; è un emporium ed una fiera all'incanto di tutte cose e vive e morte; in fondo un muro di pietre grezze ed enormi non cementate imita, mi han detto, il Keramiko se vi si inscrivono le domande e le offerte. Vedi confusione di foggie d'abiti, di gioje; è un volare di stole, di bende, di nastri, di veli; dei flabelli alti di piume s'inchinano, dei barbaglii d'oro corrono; più lento cade un fiore sfogliato se una mano lo lascia sfuggire dalle dita in segno di saluto o di riconoscimento: e calzaretti foderati di pelliccie, e nossidi colorate ed impresse d'argento, e piedi nudi sollevano un polverio spesso fastidioso che si arrossa ai fuochi del tramonto. Chi suda sotto li ornamenti ed è rigida al passo come una statua di dea tanto è carica di collane d'armille, d'anelli in cui il lavoro dell'orafo vince il valore del metallo, ma non sono le più ammirate; altre si confidano alla loro sola bellezza nuda che espongono dettagliata al solo, senza che un difetto ne accorga lo statuario ed il pittore, tra li altri accorsi in sul porto.

Siamo delli sciami di farfalle di tutti i colori, che si incontrano, si chiamano ad alta voce, si danno la baja, contendono, s'imbizzarriscono. E Nune la schiavetta che mi vien dietro e ch'io preferisco, mi addita, perché forastiera, e l'una, e l'altra e li altri. Tu senti.

«Oggi Myrta le dà festino!» «Elyke, sei con noi?» «Chi è costei che guarda a torno colli occhi sbarrati e grandi come un ragno di mare?» «Nossis che è tutta fresca, vorrebbe farsi comperare, per venti mine, un bacio solo. Si può dire ch'ella non si pretende o pretenda assai, non ti pare?» «Non ridere troppo, ciò ti sforma la bocca: e quando passeggi solleva il lembo della veste così, che le pieghe ti passino sulle coscie e stirino al fianco: ti vedranno di profilo in quanto hai di migliore.»

E sono ondate di profumi violenti se passa una già matura la quale supplisca a giovanezza col cosmetico e subito: «Di' per chi mai arricci tu i capelli? Ti profumi le mani? Ti maceri il corpo nelli unguenti?» Ed a ridere.

Il giardino amatorio che Mnester ha disposto sulla Akropoli è il luogo favorito per i compagni della sera: «Verrai da Mnester?» «Sta sera?» «No, domani. Oggi ho Mones!» «Fortunata: costui è un vecchio che vale meglio dei giovani.» «A domani.» Nune qualche volta si attarda: qualcuno dietro la trattiene ed odo il bisbiglio di un breve dialogo.

«Buon giorno, carina!» «Ed a te.» «Questa è la tua padrona?» «Che t'importa?» «Te lo chiedo.» «Si.» «Che vi ha da sperare da lei?» «Tutto e nulla.» «Mi fai avere una notte?» «Che dai?» «Speranze!» «Passa via.»

E viene a me irritata e ridente ad un tempo: e proseguiamo. Qui vi ha frastuono e tumulto: già che una disgraziata senza pudore di sé stessa coll'anche piatte brune e mascoline, si lascia svolazzare la veste aperta sul fianco mostrandoli, ed un rétore la addita ad un gruppo: «Ecco una nuda Kaltestion che dimostra come la doppia lettera dei siracusani più non le serve». E la donna magra arrossa e fugge perseguita dalle strida. Lo stuolo s'innuzzolisce: trova piacere alla caccia delle deformità palesi e secrete, la critica ne è acerba e pungente. Uno statuario dettaglia una seconda male augurata: pochi capelli in capo le fanno enorme una fronte gialla e rugosa; le labra livide ed il collo sottile rigonfio di vene sporgenti come corde annodate tra lei, il naso lungo ed adunco, sembra una mummia richiamata in vita; pur alta e diritta conserva un incedere calmo e severo: e l'artefice dice: «Bellezza per uno Scita unto di lardo»: e così lo giudica. Più in là, a paragone un imberbe ne ferma un'altra: «Che offri tu ancora? Mio zio ti ha forse veduta agitarsi al suono dei crotali, e tu eri fiera del tuo corpo. Ora la tua luna è tramontata; l'astro è morto per la congiunzione, né aspetta una nuova fase per riapparire».

Quali vergogne e quali umiliazioni! Ripasso in mente i tuoi consigli e mi attristo, poi che quanto vedo da torno e quanto sofro dentro non è certo lo stimolo maggiore ch'io mi senta per seguirli.

Fra tanto Philo, che ho incontrato è alle prese con un mercante: «Su via, aspettami,» egli dice. «Come ti chiami? Ti si può vedere? Sono straniero. Ti darò quanto vorrai. Sei muta?» E quella si schermisce, fa la preziosa, teme d'essere turbata, o coltiva segretamente un amore a cui non vorrebbe essere infedele. «Ti farò seguire da un schiavo, per sapere dove hai casa, orgogliosa. Buona sera! No, né meno buona sera? Barbara! Ma ne ho addomesticate altre e più selvaggie: rifletti!» E se ne va. Philo borbotta con Nune: «Esse mi hanno fatto vedere una giovanetta Akkis, che va iscapigliata, in abito dimesso, colli occhi lagrimosi ed ardenti, da che un suo Seso, l'ha fuggita. E non so perché, mi sono presa di pietà e d'affetto per lei come una sorella, e se osassi me la vorrei accanto per consolarla. Akkis mi sembra più bella di tutte perché spira questa grande passione inutile e frenetica, che è riflesso dell'animo suo generoso, è giovanissima e già dolorosa, come un fiore oscuro ed imbalsamato, reciso dal gambo e moriente tra le mani crudeli ed insensibili di un vagabondo scioperato».

Ma ditemi, voi due, a che mi dimentico e mi attardo a raccontarvi tutto ciò? Voi conoscete la città, qui avete passeggiato sul molo; meglio di me sapete il costume dell'una e dell'altra: ripeto fino alla noja ciò che non vi interessa. Io invece sono un'ignorante ed una straniera curiosa; ogni cosa mi è strana e nuovissima, tutto mi ferma e mi meraviglia: e dirvi cioè farvi conoscere l'anima mia turbata e tremante, avida ed avara, perplessa come sempre. Ed ecco che il sole tramonta; tutto il mare insanguina tuffandovisi, come la terra s'imporpora alla ecatombe per Phoibos, il Dio. Il mio cuore trema, le mie mani divengono fredde, la mia testa abbrucia. Mi appoggio a Nune, ed ella come se mi portasse mi riconduce. Poi Melissarion m'incontra sulla soglia; non parla, ma sento che mi vorrebbe chiedere: «Hai tu scelto oggi?» – «No, non ancora mammina!» La mia frigidità, l'aver molto saputo prima di aver pochissimo conosciuto a prova, il mio mutilo amore di sciagura, e li errori disgraziati, ora la mia indifferenza nebbiosa mi fanno un peso inutile anche per lei. E domani, che farò domani?

Nune mi tiene per un lembo e mi susurra: «Klinios, quel giovane, che ti fu accosto sul lettuccio al convito, che fu vinto da te al kóttabo, che ti ha scritto due volte in vano, che ti ha inviata la cappa ed i fiori e professa che lo fai morire; Klinios, cui Melissarion preferirebbe a tutti per te, anche ora mi ha pregato colle lagrime alli occhi per smuoverti in suo favore. Egli agonizza lentamente consumato dalle fiamme del suo amore e nessuno più lo riconosce, disperato e contrafatto, vagolo come un cane senza padrone per la città di notte e fino all'alba fredda e spettrale.» Oh buone Dee, oh Paphia bionda e fiorita: sì conosco Klinios; ed è bruno, ardito, bello, e parla dolcemente, ed assomiglia a Lykinos, buone amiche, ed io temo di amarlo, temo l'amore. Klinios così come Lykinos e qui come in patria, oh sfortuna; la fatalità si ripresenta come prima, ed in fondo un disordine di nebbie oscure sollevate da un vento crudo mi si avventa in contro, mi inghiotte, mi flagella e mi dissolve nelle tenebre. Eros ed Anteros, il giorno e la notte si contendono l'anima mia. Tu, Nux, madre di tutti li Dei che nel tuo pieno stillare accarezzi consentendo a questa mia febre, comandami!

La notte ha fasciato la terra e la culla nelle sue immense braccia poderose come un bambino in grembo alla nutrice. I naviganti volgono li occhi verso la grande Orsa ed il gelato Orione; tutte le vigilie sono prese dal sonno, in guardia, col capo reclino sulle mani appoggiate all'asta ed il dorso alla porta: i cani urlano propiziando Ecate: ed anche le madri affrante a cui di recente l'unico figliuolo è morto, dormono: oh Nux, fa il tuo segno, comandami. Serpeggia soffiando un fumo azzurro dal braciere e si lustra alle fiamme della lucerna snodandosi come un serpe. Persephone me lo invia dall'Hades in risposta ambigua? Glycera e Mnasika, questa povera navicella senza navalestro vorrebbe chiedervi una parola: no, no, non rispondete, sarebbe inutile contro la fatalità che non s'addormenta mai sulle ginocchia di Zeus.

Quanto vi ho scritto jeri notte, tramonta col sole caldo di questa mattinata. Uscendo per la prima, poco lungi dalla soglia, vicino alla siepe di biancospino e di mirti, scorsi sull'erba una tartaruga. Lenta barcheggiava e tonda; sembrava una oneraria che si avanzasse sull'onde verdi e quiete di un braccio di mare, allo sforzo di quattro remi ed al giudizio di un breve timone, verso terra. Chiamai le compagne, e Nune e Philo, e Mele e Bitinna; ed esse tenendosi per mano, ridendo e danzando me ne diedero profezia: «Non ti mentire, Kelidonio; essa è per farti in breve conoscere la virilità delli uomini, da colui che più ami tra loro. E tu sarai di chi primo ti invierà un messaggio stamane e tu gli risponderai. Come è tuo, tu sarai sua.» Le fanciulle battevano il pié leggiero a cadenza svolgendo le figure della collana.

Ho tutto il cuore caldo e fragrante di sole, come una tortora che si liscia le penne a mezzo giorno sull'alta stela del giardino. Ed ha il volto lieto ed ilare, e le braccia impazienti di stringere il ben amato; e sulla bocca un impeto di parole soavi e di canti giocondi. Contemplatemi così, Mnasika e Glycera, in questo istante di felicità, sgombra di paure e di sospetti come Ariadna che attende sulla mobile spiaggia del mare, venir dalle vittorie, a lei Dionysos incoronato.

AUTOBIOGRAFIA

Sono nato il 30 Settembre 1867 a Milano, nella stessa casa e camera, Via San Simone, in cui pur nacque Cesare Correnti. Quella casa è oggi distrutta dal piccone del rettifilo, e la Via San Simone si chiama da quell'illustre a sangue freddo.

Continuo e conchiuderò una famiglia che non fu mai né muta né reticente nella storia lariana. Per le azioni delle arti, della guerra, della chiesa e del foro, svolse, per lunga serie di secoli, le proprie prerogative. Né meno l'episcopio ha saputo coprire in noi le determinazioni ghibelline, come nell'Arcivescovo di Magonza. Como è ripiena delle nostre memorie, che sono sempre di carattere liberamente solista ed espansivo.

Mi laureai in leggi il '92, col massimo profitto di avermi fatto comprendere la inutile menzogna delle medesime, che contrastano dal Codice alla Vita; sì che imparai a maneggiare le armi anche fisiche per distruggerle. Mi compiacqui di medicina e di matematica.

Ma se è vero che l'Arte è rifugio e consolazione delli ammalati inquieti, in cui la salute del cuore e dell'intelligenza contrasta colla morbosità degli altri organi, all'Arte mi affidai come alla sposa ed alla madre, che non tradiscono.

Ho avuto ragione. Il mio atto di Vita d'allora in poi si è sempre confuso colla mia espressione d'Arte; la mia Azione è la mia Letteratura. Ogni anno vissuto da me dopo il ventesimo, è postillato da un nuovo successivo volume, e là dove tu riscontrerai miglior sofferenza, l'Arte sarà maggiore.

La revisione delli Uomini e dei Libri avvenne tra i Libri dal letto e dal lettuccio. Non sono tanto desto se non quando mi sorprendono in dormiveglia. Contrasto spesso con tutti: in questa antitesi si aumenta giornalmente il mio orizzonte. Le mie avventure cerebrali furono enormi e sconosciute: un'eco sola ne vibra, a chi sa intenderla, dalle mie pagine.

Ma ciò che più mi soddisfa è d'essere in pace e contento con Me stesso, perché fui severissimo con Me ed indulgente ad altrui: il mio maggior titolo è di essermi sorpassato; li altri vaglieranno quelli tangibili del mio lavoro.

Eppure non prosperai, né prospero: mi avvisò Carlo Dossi che mi mancava l'arte del Ciarlatano. Non me ne dolgo. Il mio pensiero rosso, la mia candida onestà sono virtù negative in un mondo dove il grigio è pregiato sui colori pieni e non equivoci. Oggi, non uomo finito, posso anche riposare, perché so di aver compiuto il mio dovere, cioè sono sicuro di non essermi tradito, ed ora non desidero che di morir presto.

Milano il I di Giugno 1914

G. P. LUCINI